主编　凌翔

当代作家精品・散文卷

寒橘柚

卢慧君　著

北京燕山出版社

图书在版编目（CIP）数据

寒橘柚 / 卢慧君著 . — 北京 : 北京燕山出版社，2023.5

ISBN 978-7-5402-6421-5

Ⅰ. ①寒… Ⅱ. ①卢… Ⅲ. ①散文集－中国－当代 Ⅳ. ① I267

中国版本图书馆 CIP 数据核字（2022）第 013696 号

寒橘柚

HANJUYOU

著　　者：卢慧君
责任编辑：杨春光
装帧设计：邓小林
出版发行：北京燕山出版社有限公司
社　　址：北京市西城区琉璃厂西街 20 号
邮　　编：100052
电话传真：86-10-65240430（总编室）
印　　刷：北京军迪印刷有限责任公司
开　　本：710mm × 1000mm　　1/16
字　　数：200 千字
印　　张：13
版　　次：2023 年 5 月第 1 版
印　　次：2023 年 5 月第 1 次印刷
ISBN 978-7-5402-6421-5
定　　价：55.00 元

慧者敛锋芒

——《寒橘柚》序

赵武明

隐敛光华，丰沛如流水，不舍昼夜；光阴知味，岁月似落花，向暖绽放。声在心处，流淌的是文字的馨香。此刻阳光正好，沏一壶茶，行进在卢慧君的文字中，品读平常日子里的不寻常。

情感游弋在字里行间，只求独守并开拓内心的净地——文字。它是上苍赐予众生的眼睛，总能在尘世中窥得般若，澄澈和慈悲，心怀大爱和痛楚的作家，是悲悯和冷静的。作家必须忠于心灵深处的真实情感，否则创作只能是昙花一现。唯有文字，留住情愫。若一个人没有真正意义上的精神生活，就会觉察不到情感的力量，宁静之后的升腾。我一贯认为，一部好的作品应该是简洁、明白的，不同的作家，创作手法有所不同，对作品的切入点也就有所不同，所以创作的第一感觉应是震撼。如今，即使大浪滔天或泥沙俱下，作家都必须保持骨子里的清澈力量，这是语言和现实、写作和抱负对作家的一致要求。卢慧君恰恰做到了这一点，希望她能坚守直到永远。

站在大地，灵魂在发声。卢慧君的散文最大的特点就是写出了直透人心的况味。如果生活有苦难，必将温情送与你。她用敏锐的笔触、深刻的语言、独特的构思、细腻的文笔写身边的人、身边的事、身边的物，字里行间跃动着思想的光芒，洞悉生活的足迹，将原味的体验自然融入创作中，充分展示了万事万物赋予她的感受和顿悟。让阅读者沉浸于纤细敏感的文字里，闪现生活的多元化和多样性。

幸福与苦难，幸运与偃蹇，现实与幻想，散文，是人生的写照。人生经历如果能够升华为人生的悲悯与智慧，则必然会提升作品的质量，这就需要作者换个角度，在“无我”“虚静”的状态下创作，或许不啻为醍醐灌顶式的突破。卢慧君的写作是有温度和深度的，目光透过个人的浅吟低唱，在众声喧哗中，把热忱和热血投入苍茫大地及尘世间的暖。走心的文字，必须是真实、真心和真诚的，要目无旁视地关心身边的人和事，要在至爱和至痛的细节中触摸万籁，敏锐地发现真理。有亲和力、感人力和震撼力的作品才是好作品。文字和灵魂才会呈现出高度、厚度和温度，才能叩响读者的心扉。

文明把黑夜弄脏了。黑色是一种极其娇贵的颜色，比白色更沾不得异物。卢慧君的文字不仅仅是白纸黑字，更多的是绽放出异彩的芳华。一颗颗跳跃的文字，如点缀岁月的风铃，摇曳出日子的空响。岁月有时就像一本深刻的回忆录，偶然间将其翻阅，掸去陨落的尘埃，铺平泛黄的褶皱，心怀素念，一字一句地读完，便会觉得即使在那些最不起眼的日子，也能把寻常的风景看得让人流连忘返。沿着来路留下的文字履痕一路循去，有花香鸟语；有风霜雨雪；有人间冷暖；有万物之灵，悄悄浸润在岁月的长河中，纵然时光无语，也会捡拾起精美的贝壳，挂出一串岁月天成的风铃，在经意或不经意中响起，填满了更多的期许。这更多的是卢慧君对生活的热爱和感悟，用文字来抒写内心深处的独白。

文学是写给自己的锦书。人前的欢声笑语，背后的孤泪盈眶。一个成熟的作家，一定具有向善向美向上的文字驾驭之功，这样笔端才能流淌出华美之趣，人性之真。作家在写作时，不仅仅是一个书写者或记录者，还应当是一个将灵魂安放在“绿水青山”的人。洞悉生活的情理，才能彰显文字的力量，用心写作，将心交给读者，唯其如此，文字方有灵性、韧性和柔性。卢慧君在生活中寻味细微，感悟深思。凝成一段又一段锦，织出美丽的彩虹。写出了弦外之音，言外之意，写出了情趣和哲理，更写出了自己不明晓的那部分，反而读起来让人倍觉温馨，这或许与她的生活沉淀有关，因为她一直是安静的，她一直在思考着。

面对这个变化莫测的极度现象化的时代，作家都需要一点定力。这种定力是心灵的内省、语言的锤炼和良知的在场，而不是规避和冷漠。作为一种灵与肉同源的艺术，文学同时向内、向外。当文学作品离地万里，凌空蹈虚时，不要忘了它的另一维度恰恰是——掘地三尺，立足于此。坚守是一种希冀，传神的文字是一种心灵呢喃。因为文字是心灵深处最真实的流淌，折射着思想的痕迹。好的文字往往是直抵心灵深处那隅幽静的港湾，让人感受那种石子落入潋滟湖水中荡起的涟漪向四周开散的心动。感怀之余又有种积极向上的情愫，于平淡中点燃人生奋进的激情和磨砺出文学的灵性。

文似看山不喜平。卢慧君更是一位注重理性的女作家，惯于用丰富的思想表达日常化的生活。从这一点生发出去，她是一个站在女性的立场上，却用刚性的话语来权诠释纷呈人性的作家，始终以旁观者的眼睛对待一切游弋的情节，这便构成了她独特的写作文本。她的作品充满了人性的关怀与理解。当写作已成为一种习惯，便是难以改变的承诺。写作已深入了她的骨髓，成为一种本能，是本质上的东西，抹不掉。没有了写作，至少会失去最真的表达，会留下一份遗憾与迷茫。或许也不能像现在这般拥有思想的磨砺与岁月的沉积，虽远远还说不上造诣，但收获了性情的率真与心灵的自由。唯有心平气和，顺其自然，方能滋养创作心境，获取生活的充盈。于是，卢慧君以虔诚的姿态弯下身来，埋下头去阅读写作，不觉间，写出了一本又一本自己的作品。

“初，裁衣之始也。”人生一世亦如一匹辛苦织成的布，一刀下去，一切就都裁就了。卢慧君的书写，维护了一片初心。生命丰盈，她在词语中穿梭。深厚的古文功底，尽绽文字之力。好的散文，恰似行云流水。宕开的语言，达情显境，保持着简约质朴，甚至是机敏的生命感知能力和生活表现能力。散文还要有哲学的目光，以在场的图景显示未在场的东西，以有限表现丰富的无限。写作，是极富个性化的精神生活与内心呢喃，精美纯净的文字，会让人感受到“一座莲池藏有多少复瓣的谜？”，散文来不得虚情假意，更喜枝繁叶茂。

见性灵，见境界，见众生。更要在人生况味中，在稳妥精切的语言中，敞开多纬度的人文。放缓时间，留存在记忆深处，卢慧君做到了，且做得淋漓尽致，做得平静澄明，正如其所言：“不愿凑热闹。”充实的人生，独特的人生，有意义的人生，吃苦不是主动选择，而是被迫的无奈。因为，在人生的道路上没有一劳永逸的事，只有不断努力，向着光芒迸发，人生才能无悔，岁月才能静好！树叶和花见到春天后就会歌唱，歌声传递的树根，树根不断把水运送，才能让它们润润嗓子更好地歌唱，人生何尝不是如此，没有付出哪来的收获。努力，总会活出自己的样子，总会写出与众不同的作品！

一个作家，最想书写的是一种岁月毁不掉的存在和价值。文学是最能体现人类创造力的，有着安详与睿智的本真，卢慧君的文字空灵、聪颖、清新，有势如破竹的语感。透过她的文字，能感知其对生命的多重体味，对文化内涵的深刻思辨。她的笔端总是流淌着一股温情、一种诗意。我觉得这样的写作是一种境界。风格是人格魅力的体现，卢慧君的文字看上去优美细腻，能带来阅读的快感。没有声嘶力竭的笔法，但有着让人喜欢的锐利和大气，有着像油画一样浓郁的色调感和音律的节奏感，她用文字留住了土地文化的灵性。她的书写是用心的，用情的，更是看似漫不经心地用手术刀解剖的事物的肌理。

文字是心灵最真诚的载体。人生永远都可以随时开始，关键在于你敢不敢果断地转身；任何事都可能有好结果，重要的是你有没有能力承受光明到来之前的黑暗。村上春树曾说："今天不想跑，所以才去跑。"冬天很冷，不想跑，才更要跑，不是吗？智者达天下，慧者敛锋芒。这个冬季，沐浴在卢慧君的文学中不再寒冷。

是为序。

目　录

第一辑　丝竹声声

第二辑　鹿鸣呦呦

第三辑　琴瑟袅袅

第四辑　雅韵曼曼

第一辑　丝竹声声

朵朵迎春向阳开

连日的暖阳普照，让时光错乱了季节。还是春节，梅花刚刚经历了漫长的孕育、苦挣，才在枝头笑傲风霜，春风却已褪去了冬的寒意，带着柔柔的暖，携着春姑娘姗姗而来，给大地描红画绿，着装美颜。

迎着和煦的春风，拥抱着春日的暖阳，漫步在江边公园，感受春的气息。春风化雨，当万物还在冬眠下沉寂，百花还在酣睡中做着甜蜜的美梦，四季如画的汉江两岸，却在春姑娘纤纤玉手下悄然而变。

“春江水暖鸭先知”。正是枯水期，山虽暖，水却瘦，江中露出一片片沙洲，冷清了一冬的江面热闹起来。苔藓趁机在阳光下扬眉吐气，是难得一见的碧绿。成双成对的野鸭率先在水中试冷暖、炫水技，不畏严寒的冬泳者勇立潮头，搏击风霜。浣衣的男男女女，成了一道不可或缺的风景。他们洗的不是衣服，洗的是一种感觉、一种骄傲、更是一种情怀。

虫鸟说农时，花木报节令。玉兰已吐出灰蒙蒙、绿盈盈、毛茸茸的花蕾，垂柳刚刚暴芽，遥看如烟近却无。只有一江两岸的十里长堤上，雪中四君子、春的使者——迎春，气若游丝的枯枝，在春风的召唤下，不知何时开始变绿变软，充满不屈的韧性和勃勃生机。几朵性急的，早已迫不及待爬向枝头，将春的喜讯传向你我。

似是领头的一声令下，转眼都齐刷刷地举起黄色的小喇叭，嘟着嘴巴，拉开春的序幕，嘀嘀嗒嗒奏响春欲语还休的喜悦。春，变得浓烈起来。你看，那纤细柔嫩的枝条，层层叠叠，由上而下，一顺儿铺开。小小的花冠一朵朵、一串串，密密匝匝缀满枝头，无绿无叶，快乐萦怀，在春风中从容自在起舞，装扮着枯燥寂寞的灰色堤岸，也装扮着苍茫无垠的原野。

如果不是这样连片栽植，迎春绝不会引人注意的。她没有牡丹的雍容华贵，也无秋菊的多彩艳丽，更无油菜花的热烈张扬，香味也极其清淡，但她柔弱的外表下，自有一番不畏严寒的铮铮铁骨。每一朵花，不管身居何处，即使不幸置身幽暗的最底层，接受不到阳光的抚爱，感受不到行人赞赏的目光，但她依然尽力绽放，传递春天的讯息。

此刻，我伫立在明媚的丽日下，流连在连绵的迎春旁，嗅着淡淡的芬芳，似是喝了一杯甘醇美酒，心里微醉微暖，思绪被拉得悠远深长。眼前轻轻摇曳的迎春，恰似穿着黄色裙裾的娇俏少女，跳着曼妙的霓裳羽衣舞，不停地转啊转啊，转到了多年前，冬末春初，花神召集百花，商议在冰雪还未融化、一切都瑟缩在寒冷的梦中之时，谁愿意踏着刺骨的冰雪到人间去，向人们预告春天？百花默不作声，唯有你这个穿着鹅黄裙子的小姑娘站出来，娇羞而自信地说道：“让我去，好吗？”花神为之感动，同意了你的请求，并送给你一个美丽的名字——迎春。就这样，你不畏严寒，只身前往，第一个来到人间，预告了春天即将到来的消息，将希望和美好的祝愿播洒人间。

关于迎春的传说很多很多，每一个传说，都是一首感人肺腑的爱的篇章。它不只是春的使者，也是爱的化身。百花中，有谁像迎春一样，能有漫长的花期，从春开始的轻描淡写，到后来的浓墨重彩，再到最后的繁华落幕，见证着一场场悲欢离合的花事在人间上映，直到剧终那一刻，才随春姑娘离去。是否，也算作迎春一生的一种完满，是花神对迎春勇敢、爱心的一种嘉奖？

不远处，有年轻小情人紧握双手，对着迎春窃窃私语，那一定是浓得化不开的情语。有风拂过，听，是迎春在深情吟唱，那是它送给有情人的最美祝福：相爱到永远！

玉兰花开

初春时节，乍暖还寒，春仿佛还很遥远，大地似乎还未从冬眠中苏醒，看不出星点鹅黄。但能从明晃晃的阳光中、少了凌厉的微风中感受到春的脚步已近。

大地依旧寂寥落寞，海棠还很清瘦，桃李仍以素颜示人。公园里，高大的玉兰已吐出了灰蒙蒙、绿盈盈、毛茸茸的花蕾，贴在通体都是褐色的枝干上，毫不起眼。没谁留意在乎玉兰的花蕾，只有我对她心生敬意，时常在树下张望，看着玉兰的花蕾，似是高高举起的一支支画笔，思索着怎样落笔书写春的华章。

春风中，花蕾渐渐饱胀，凑近能隐约看见绿色花萼里包裹的白的、紫的花瓣，像是极力隐藏着的心事，不小心就会吐露出来。

“素面粉黛浓，玉盏擎碧空，何须琼浆液，醉倒赏花翁。”只是过了一个周末，清早上班，途经公园，惊喜地发现，玉兰花迎着初春的朝阳盛开了。一树树白的、紫的玉兰花，在蔚蓝如洗的天空下交相辉映，是那么的繁茂，又是那么的热烈。白的纯洁，一尘不染，不掺半点杂色。

白色的花萼、白色的花瓣，晶莹剔透，如凝脂，若绸缎。硕大的花冠圆润饱满，通透如玉，高高地绽放枝头，不妖不艳，如一只只展翅欲飞的白蝴蝶，又像披着婚纱的新娘，美得令人炫目。紫的清高冷艳，神秘骄矜，如略带忧伤的高贵少妇，散发着拒人千里的清辉，凛然不可侵犯。

“净若清荷尘不染，色如白云美如仙。微风轻拂香四溢，亭亭玉立倚栏杆。”玉兰品格高洁，不俗不媚，像荷一样出污泥而不染。宁可紧随迎春其后，历经气候的变幻无常，也不愿和桃李樱梨这些俗艳琼花争春斗俏。她是那样恬静、安然，幽幽吐着淡淡芬芳，没有绿叶的陪伴，也无蜂蝶的爱抚。想必那远离喧嚣红尘的圣洁灵魂，定会有曲高和寡、高处不胜寒的孤寂。不知谁才有资格与它相配，做解怨清愁的灵魂伴侣。

也许受《红楼梦》熏陶影响，我总固执地以为，每朵花的前世都是一个痴情美丽的女子。如此干净纯洁的玉兰，更是爱情友谊的化身。正如徐志摩先生的那句“她有的是爱的花癖，我爱看她的怜惜”一样。历经一冬的努力，又经含苞到绽放的涅槃，摇曳在早春的路口，定是赴一场前世今生之约！

美好的事物从来都是转瞬即逝。风过处，玉兰花轻轻摇曳，像旧年里那盏风铃，依稀还在岁月的深巷里轻轻摇响。心念一迈，飘到了多年前的仲夏。当离别的日子愈发迫近，我们才惊觉四年的时间并不漫长，还没来得及珍惜，还没来得及倾诉，似刚刚相遇，就要转身别离。在通信极不发达的当时，一别如斯，从此天涯。

一直想着该送你一个怎样的礼物，来纪念我们的友谊。恰好有一阿姨上门推销小礼品，我一眼相中了那串玉兰花型的紫色风铃，那清脆的声音悦耳动听，特能抚慰离别时忧伤的心灵。我如获至宝，不假思索地买下了它。可越是宝贝的东西越容易破碎，尽管我小心翼翼，还是将那盏风铃不慎损碎，心里十分沮丧。分袂贶仪，终未如愿。

毕业后，随之失联，想见一面都是奢侈。后来通信发达了，我们却忙工作、忙家庭，依然很少见面。前几天的“女神节”，我们相约看了一场电影，特意选了名字——《闺蜜 2》。影院里，我们挽手相携，亲密地并肩而坐，那些丢失的光阴又回到了眼前。已步入中年的你我依然是那青涩单纯的妙龄女子，互相陪伴的青春因为有了彼此的牵挂而格外美丽。

花开花凋谢，相聚又离别，我们的友谊并未随着岁月流逝而走远，就像眼前飘零的玉兰，谁又会忘记你曾装点过璀璨烂漫的春天呢。

一树春风花满枝

源于秦岭这道天然屏障的庇佑，陕南的春来得格外早。阳春三月，秦岭以北还是乍暖还寒，鹅黄轻匀，陕南的春已是大朵大朵扑面而来，如一幅浓墨重彩的西洋油画。

置身于辽阔的田野，沐浴着三月的暖阳，身心无比自在舒坦，就连心里都洒满了阳光，沉寂了一冬的心变得敞亮起来，所有的苦闷沉郁都一扫而空，满心欢喜地敞开怀抱，迎接明媚的春光。

月河两岸，百里长廊川道，黄和绿是这个季节的主题风景，其他色彩只能成其点缀。正是油菜花盛开的季节，川道肥沃的土质，使这里的油菜花特别茂盛。茎秆笔直，鲜艳的花儿一朵朵、一簇簇，挤挤挨挨，抱成一团，努力向上，接受阳光的爱抚。金灿灿的油菜花一路向西，铺天盖地，似绵延不绝的巨幅织锦，明晃晃地照耀着你的眼，吸引着四面八方的游人，一路追寻油菜花的芳踪，似追寻生命中的那抹亮光，只为这一场油菜花开的盛宴。

这里更是蜜蜂蝴蝶的乐园。成群的蜜蜂蝴蝶在花丛中穿梭，在游人身旁萦绕，嗡嗡的蜂鸣是春天不可或缺的声音。在我看来，它更赛过百灵画眉的歌声，没了蜜蜂声的春天又怎能是真正的春天呢？空气里到处飘荡着油菜花的香甜气味，我甚至闻到了蜂蜜的香味儿。记得上学时，我最喜欢起早，在油菜地边看书背东西。因为空气好，脑子清醒，所以记东西特别快。几十年后，我都能清楚地记得当时的画面。

与成片油菜花交错的是绿油油的麦田。经历了寒冬漫长的墩苗期，几场春雨后，麦苗以前所未有的速度疯长。侧耳细听，似能听到麦苗拔节时的嚯嚯声响。一片片狭长的绿叶，泛着绿莹莹的光芒，如一把把出鞘利剑。微风拂过，麦苗随风舞动，此起彼伏，似波涛翻滚的大海，一浪盖过一浪，发出呼啦啦的欢快笑声。笑了的，还有视庄稼如性命的老农。

纵横交错的溪流如一条条宽窄不一的玉带，明明暗暗，轻轻缠绕着村庄田野，滋养着万物生灵，又如一把把竖琴，叮叮咚咚弹奏着春的乐章。一河两岸的垂柳，早已烟柳成荫。一阵清风，柳絮沸沸扬扬，漫天飞舞。与我不小心白头的，不是他，却是她。柳，不仅成就了我们的友谊，也成就了谢道韫。一句“未若柳絮因风起”，让谢道韫在才女的位子上稳坐千年。

田野里，有老农扶犁耕田，种瓜点豆。斜风细雨中，一对春燕故地重归，叽叽喳喳，说不完的知心话，诉不完的怀旧情，对未来生活充满憧憬与信心。它们将在精心挑选的福祉上衔泥筑巢，修建爱的小屋，然后生儿育女，繁衍后代，过着平实幸福的日子，安享天伦之乐。

沿着花香的指引，爬向山巅。抬头，发现曾经灰黄孤寂的大地上，已是如火如荼，灼灼其华。漫山遍野，要么红的如霞，似欲燃烧；要么素洁如雪，纯洁无瑕。那洁白娇嫩、潇洒飘逸的是“粉香初试晓妆匀，花貌参差是玉真”的梨花；娇艳妩媚、热烈奔放的，就是三生三世，十里桃花。年年岁岁花相似，岁岁年年人不同。花，还是那个花，爱花的人儿总是看不厌爱不够，不辞劳苦，千里奔赴，可是为那千古绝唱的爱情故事？“桃花坞里桃花庵，桃花庵下桃花仙。桃花仙人种桃树，又摘桃花换酒钱。酒醒只在花前坐，酒醉还来花下眠。半醉半醒日复日，花落花开年复年。但愿老死花酒间，不愿鞠躬车马前……”曾经，拼命逃避的，如今，又是努力追寻的。若可，余生愿抛却世间一切功名利禄，拂去红尘俗念，做那桃花仙人，日日夜夜与桃花相伴。

穿梭花海，醉心在这一幅幅春意盎然的画卷中。在无边的花海里，心里那样温柔宁静，没有俗事，没有烦忧，只有对大自然纯粹的爱。

行走在三月里，与最美的景致邂逅，与最好的自己相遇。愿岁月静好，以后人生的每一步路，如春天脚下的土地，厚实温暖。

寂寞樱花雨

当武大的樱花烂漫的时候，长江以北的樱花还在凝香结蕊。我一边耐心等待，一边穷尽所有的想象在脑海里描摹樱花的娇颜。描来描去，依然描摹不出那些生动婉约的细节。

春水漾漾，细雨蒙蒙。迎着十里春风，走过烟花细柳的三月，终于在暗香浮动的四月盼来了樱花的盛大开幕。还没留意春风什么时候点开第一朵花蕾的，大约是在海棠、碧桃最后一朵花瓣凋零时吧。突然间就在某个雨后的清晨，高大的樱花树上便有樱花袅袅娜娜地盛开了，在春风中轻轻摇曳，空气里弥漫着樱花淡淡的香味。

我站在樱花树下与樱花深情对视凝望，那一定是蘸了海棠的红和梨花的白调和而成，然后一点点由内而外慢慢匀开，颜色由红而粉，渐渐变淡。不知春对樱花有多钟爱，才如此用心精雕细琢？那层层叠叠的花瓣努力向外舒展，如舞者飞扬的裙裾，轻盈灵动，妩媚极了。暮春的暖阳慵懒地洒在樱花上，地面光影重叠交织、扑朔迷离。叶子一定是被樱花的热烈所感染，尾随樱花之后蓬蓬勃勃地展开，翡翠一般，与樱花交相辉映，漂亮极了。

我还是心生淡淡遗憾，要是能看到樱花园大片大片樱花盛开的盛景，那该又会是怎样美轮美奂迷人的画面？

诚意是会感动上天的，思念至极，便会成全。前几天，有人在朋友圈里晒了附近樱花园的美景。一树树樱花粉盈盈的，那么美艳。当樱花开到鼎盛时，工笔细描已无法勾勒出樱花的花魂，须是西洋油画的浓墨重彩才足以表达樱花的风采。远远看去，那艳丽的色彩能灼痛你的眼，让你心生爱怜、疼惜。心里甚是欣喜，也细问了具体地方，只待周末前往好好欣赏。

世间好物不坚牢，彩云易散琉璃脆。还未等到周末，一场突如其来的风雨，使枝头的樱花纷纷飘离枝头，缤纷如雨，如泣如诉。那么无奈不舍，那么寂寞凄美，落地成殇，地上一片残红狼藉。

“如何让我遇见你，在我最美丽的时刻，为这我已在佛前求了五百年，求它让我们结一段尘缘，佛于是把我化作一棵树，长在你必经的路旁，阳光下慎重地开满了花，朵朵都是我前世的盼望。”樱花是爱情与希望的象征，也是漂亮浪漫的象征。每一朵花开是一场倾世之恋，为了这短暂的爱情，樱花已准备了很久很久，却还是未能度完短暂的一生，早早凋零。

樱花园里人来人往，有人用樱花堆出心形，有人堆着“I love you”。樱花带雨，如有情人别离时含泪的眼。也有的为了选取一个好景，不惜从陨落的樱花身上来回踩踏，我的心随着游人脚下咯吱咯吱的声响，连同樱花的心一起纷纷碎裂，散落一地。

满心以为是成全，结果还是错过。当我站在樱花园里，枝头已是绿肥红瘦，偶尔还有樱花从枝头飘落。我忍不住伸手拦截，想拦截一段关于樱花的爱情故事。那也是樱花盛开的时候，一对年轻的男女在樱花树下旁若无人地抱头痛哭。勿用询问，那一定是爱情遇到了阻碍，曾经携手的甜蜜爱人即将成为过客。行人纷纷投去怜惜的目光，自觉绕道而行，给他们留下独处的空间。

年少时青涩的爱情多像樱花啊，几个相爱的人能步入婚姻的殿堂，又有几人的感情能敌过日复一日、烟熏火燎的柴米油盐？那时，班上只有两对谈恋爱的，他和她是我们最看好的一对，毕业时，不知为何突然分手。这么多年，当事人闭口不谈原因，我们也不好过问，只是为他们轻易放弃的缘分感到惋惜。冷静之后，也许都后悔过，只是再也回不去了。

如同这满地的樱花，多少姹紫嫣红转头成空，宽大的指缝怎留住流逝的光阴、远走的爱情！落笔已是繁花凋零。

四月，邂逅坝河

四月的陕南，角角落落都弥漫着浓郁的花香，镜头随便一框，便是一幅浓墨重彩的山水画。脚随心动，穿梭在田野小溪边，流连在山间丛林里，赏山野自然美景，听花木成长密语，不负光阴不负春。

意外地邂逅坝河，是与童年的时光重逢，圆再回童年的梦。就连老天也格外垂怜，早晨出发还是细雨蒙蒙，到了中午便艳阳高照，满眼明媚的春色。

进入坝河境内，便进入巨幅活的风景画中。坝河山势陡峭，溪流纵横，因而植被丰茂，树木葱茏。山道弯弯，时隐时现，游人时而在林中穿梭，时而在云端漫步。路边随处可见白墙红瓦的二层小洋楼，偶尔也会发现密林深处掩映的逐渐消失的土墙黑瓦的老房子，特别是房前屋后，山坡地头闪现的一树树桃花或梨花，让我有一种他乡遇故知的喜悦，它是曾经艰难岁月的见证，也勾起我对童年的美好回忆。

月河川道，桃花油菜花早已谢幕，这里却花事正浓。白居易的《大林寺桃花》用在这里再恰当不过：人间四月芳菲尽，山寺桃花始盛开。

长恨春归无觅处，不知转入此中来。那一块块金黄的油菜花，一树树粉红的桃花、雪白的梨花，点缀在青山绿水间，美艳至极，让这些爱美的女士和摄影爱好者欢喜不已。我们就像小时候那个贪玩的孩子，出了校门只顾玩耍，作业抛到了脑后。我们选取角度纷纷与花合影留念，完全忘了此行的任务。

因为土质肥沃，菜园里的蔬菜长势喜人，一畦韭菜、两行蒜苗、三五蔸包菜……绿油油、胖乎乎，十分招人喜爱。豌豆、胡豆正在开花，像一只只展翅欲飞的蝴蝶。同行的文友告诉我，开白花的是菜豌豆，没有筋；紫花的豌豆有筋，磨面的。豌豆尖不管凉拌还是烫火锅，味道都很美。

路边草丛里开满了蓝色、白色的小花。这种不被当作花看的小野花，有着极强的生命力。冬天几乎了无痕迹，没有一丝生命的迹象，但一到春天，在春雨的滋润下，又焕发出蓬勃的生命力。小时候穷，一天嘴都顾不过来，谁会有闲心养花弄草，但这并不妨碍一个小女孩爱美的天性，我常常采摘这些毫不起眼的小野花，编成花环戴在头上，幻想着自己成为一个花仙子。

猕猴桃园边满是小蒜和鱼腥草，菜市场经常有人卖，我也会经常买。家乡有句俗语：三月小蒜，香死老汉。小蒜在泡菜坛里泡几天，用来炒腊肉或土豆片，味道妙不可言。鱼腥草清热下火，可凉拌，可泡茶。以前家里穷，买不起茶叶，父亲经常会在端午节这天起早，拔一大篓鱼腥草，回来洗净晾干，一夏天就喝这个。后来条件好了，父亲还是会晒一些鱼腥草，和茶叶搅在一起喝，他说既解渴又解暑。现在想着，忍不住垂涎三尺了。我从未见过这么多的小蒜和鱼腥草，不再顾忌弄脏我的小白鞋和双手，见小蒜拔小蒜，见鱼腥草掐鱼腥草。小蒜不好拔，地下部分有些深，一拔就断，我便找了一根树枝来挖。美女王慧和王丽蓉也加入到挖小蒜掐鱼腥草的行列。小刘看我们挖得这么投入，拿出手机在一旁给我们拍照。我很快就挖了一大把，直到大家三番五次地催促去看黄花，我才一步三回头地离开了。

我们一行人浩浩荡荡地走在崎岖蜿蜒的小路上。突然小刘指着地面上一堆黑乎乎的东西问："卢老师，这是不是地耳？"我低头一看，可不是吗，多年都没见了，这让我想到儿时春雨过后上南山捡地耳的情形来。我是家里的老小，母亲从没指望过我真的会捡多少地耳，我去更多的是觉得好玩，为了吃一顿妈妈做的酸菜蒸饭，现在却再也不能够了。

母亲不在了，故乡也早已不是童年的故乡，记忆中的地耳、小蒜，都一去不复返了。而坝河给了我太多的惊喜，让我有一种回到童年、回归故乡的感觉。

春入眉心且随缘

当季节又开始了新的轮回，岁月已走过了四季的沧桑悲凉。春意渐浓，一场春雨妍开了一树的繁花，一垄新绿明媚了一季的春色。

倚着春的门楣，闲看陌上花开，彩蝶翩跹，花香绕肩，春意盎然。这样的日子很美，就连经过的时光也沾染了花香，让人沉醉迷恋。即使独自一人日日走着同样的道路也从不觉得枯燥、孤单。

人生就是如此简单。前行的日子，如春天的涧水清浅漫流，波澜不惊，但依然还是有所遗忘，有所遇见，犹如朝花与晨露，清风与明月，都是最好的安排。一份萍水相逢素淡的缘，在这一季生根发芽，开枝散叶。春风携着一份牵念穿过山重水复的渺渺茫茫，推开浅浅的烦忧，抑制不住的喜悦爬上眉间，绽成春天最美的花朵。美好的情愫缓缓洇开，葳蕤生发，一切温润清晰。

静水深流，静默不语。这一季已铺向了时光深处，如诗如画。绿意横生的枝头，已在岁月的素笺上描绘得繁花似锦，一抹温暖缓缓漫开，伸向远方。一朵花的幽香开满心田，填补了那些细碎的时光。清宁的日子，执一支细笔，沿着风的方向，点开桃花朵朵。那些桃红微开的花蕾里，是否掩藏了对这个季节的深深爱恋？一帘清欢在文字的墨香里蔓延，字字落笔为念，婉约成行。

风轻拂脸庞，如丝绸般柔软细腻。若有若无的声声笛音，如人在耳畔低语，诉说着只有彼此懂得的话语。这静美温馨的画面，如夜空划过的流星，璀璨夺目，丰盈着生命的底色。

走过带着些许清凉的三月，迎来了花香艳丽的四月。一笔葱茏铺满山河万里，写不尽世间的繁华旖旎。当真情将相知浇灌成深情，花儿已在春天华丽的枝头开得难舍难分，思念亦溢满了心房。那一树树枝繁叶茂的盛景啊，何尝不是一场轰轰烈烈的倾城之恋？走过千山万水，深知茫茫人海相遇都是为了成全前世的一份相欠，也是上天美好的眷顾。心有所依的日子，风含情水含笑，每一个平淡的日子都是明媚的春光。即使洗净铅华，一身素妆，半生烟火，也从不慌乱。

花开花会谢，缘来缘会散。如若彼此之间是今生无法企及的抵达，清澈如水的缘注定来去匆匆，正在上演的故事成为往事随风而散，就让这份清涤荡心的缘，静守在红尘之上，不说相见也不说再见。

因为慈悲，所以懂得。珍惜眼前的一切，一路不念过往心里的千千结，不去奢求未来的地久天长，也不问远方是否又迎来了新知己。就让彼此带着不惊不扰、且行且珍惜的随缘好心情，走过每一个庸常平淡的日子。

校园那棵女贞树

风住雨歇，阳光还躲在阴郁的云层后，虽少了一份明媚，却是夏日正午难得的清凉。学校已经放学，师生都已回家吃饭，我因急赶手头上的工作，中午加了个班。一连几个小时的伏案疾书，已是腰酸背胀，双目昏花。遂起身下楼，在操场上转转，活络活络筋骨。

偌大的操场，平时是属于孩子们的，课间人声鼎沸，喧闹不已。此时只有我一人，沿着塑胶跑道散步，操场显得有点空旷。我走到操场西北处，一股略带苦味的淡淡清香扑鼻而来，接着我发现地上铺了一层鹅黄色的小花。我停下前行的脚步，抬头一看，一棵并不高大的不知名的树上正蓬蓬勃勃地开着花儿。这些花儿太小，颜色也不够鲜艳，所以无法引起行人的目光。

再看看这棵树，它没有香樟粗壮的树干，没有杨柳妖娆的身姿，也没有桂花树如盖的树冠和馥郁的香气，夹在香樟、杨柳和桂花树之间，是那样弱小。旁边高大的香樟抢占了属于它的阳光，盖住了它的光芒，它像受了委屈的孩子，低眉顺眼缩在一角，通常让人忘了它的存在。我在这里工作了十几年，它是什么时候栽种的，我不得而知，更不知它会开花。我也不知，有没有学生关注过它。每年桂花开的时节，桂花的香气便牵引着孩子的脚步，蜂拥在桂花树下张望，捡拾落花。下雨了，孩子们会在严严实实的树冠下避雨，但我从未看到过孩子在这里流连。它实在太普通了，作为栋梁之材它太小，作为景观树又不够漂亮，但它不卑不亢，该开花的时节静静开放，丝毫不理会有没有人关注它。

一阵微风吹来，小小的花朵天女散花般，纷纷扬扬飘落。树下落了厚厚一层，遍地黄花满目金星。我蹲下身子，仔仔细细地观看，它如米粒一样，每朵花有四片白色的花瓣，黄色的花蕊，花柄极其纤细，看起来是那样弱小，小得让你不忍用手捡拾，生怕稍稍用力就会让它粉身碎骨。有小蚂蚁来来回回忙碌，驮着花蕊回家。

“邂逅不说知音少，一曲传情心自知。”我拍了图片发朋友圈询问，马上有人告诉我这是大叶女贞，俗名白蜡树。白蜡树？这不是极普通的一种树吗？小时候家门前就有一棵，冬天经常会摘一些树叶，放在火炉里，听树叶噼啪作响，美其名曰“放鞭炮”，但从未留意过它是否开花，不知它有如此洋气的名字罢了。多年不见，我们都进了城，却没认出。

一经关注，才发现大桥路上也有这种树，但大桥路上的树却粗壮高大。存在的即为合理的，它一定有它存在的价值。我上网查阅，大叶女贞的价值主要体现在药用价值和园林价值上。它的果实含有淀粉，可以酿酒，同时入药可以作为强壮剂，叶子可以治疗口腔炎、咽喉炎，树皮可以治疗烫伤等；大叶女贞具有滞尘抗烟、吸收二氧化硫的作用，非常适合绿化城市，是很好的园林植物。原来它还有这么多的作用。

其实生活中，我们很多人的一生就像大叶女贞树，没有姣好的容颜，没有过人的本领，只是茫茫人海中普通的一员。在人生的舞台上，只是路边那个鼓掌人，常常会被人忽视，但从不在意别人的眼光和态度，该干啥干啥，在平凡的岗位上默默耕耘，默默奉献，发挥着自己的光和热。若一旦遇到合适的土壤，就会尽情施展才华，发出万丈光芒。

又见紫薇

烈日炙烤，高温持续，田野里的庄稼干得打了卷儿，公园里叶子耷拉着脑袋，蝉在枝头烦躁地叫着："知了，知了……"很多花耐不住酷热早已凋谢，只有紫薇不怕炎热盛开着。

认识紫薇是很久以前的事了，可以追溯到我的童年。大队部是一个四合院，上院三间是大队医疗室，医疗室的北面有一个小门，小门外面就是一个带围墙的院子，院子里种了很多中草药，很像鲁迅笔下的百草园，其中就有两树淡紫色的紫薇。孩子们经常透过虚掩的小门向里窥探，对小院充满了幻想和神往。夏天，我几乎每天都会去医疗室，去看那紫色的花朵，但我从未走近过，因为那里不允许小孩进入。

20 世纪 90 年代，电视连续剧《还珠格格》里的女主紫薇，温婉漂亮、端庄典雅，给人留下了深刻的印象，也勾起我对紫薇花的怀念。现在紫薇是安康的市花，不管是公园里，还是街道的绿化带里，随处都可以看到紫薇婀娜娉婷的身影，童年的缺憾终于得以弥补。

"紫薇花对紫微翁，名目虽同貌不同。独占芳菲当夏景，不将颜色托春风。”紫薇花色繁多，不与群花争艳，在炎热的夏天一枝独秀。每天在汉江公园晨练，沿路就会看见红的、紫的、白的紫薇在阳光下展颜吐蕊，一朵朵、一簇簇，挤挤挨挨、密密匝匝地顶在枝头，压弯了紫薇纤细修长的枝条。有风穿过，便向行人颔首致意，给酷热的夏季带来了浪漫。

走近细看，紫薇花虽娇小柔弱，无牡丹华贵，没兰花优雅，也无桃花的香气，但很精致，色泽艳丽，干净纯粹。花瓣轻薄如丝绢，如蝉翼，柔软清透；形状俏皮可爱，像一盏盏吹起的小喇叭，又像小姑娘旋转起来的荷叶裙；花瓣中间伸出长长的、略带卷曲的黄色花蕊，艳丽的花朵在绿叶的映衬下，煞是好看。而且阳光愈强，色泽愈艳。未开放的紫薇，则像一颗颗星星，撒在枝尖。

“谁道花无百日红，紫薇长放半年花。”可见紫薇的花期有多长，难怪人们喜欢拿它来做庭院美化和道路绿化。紫薇花不但漂亮、种植范围广，北到吉林，南到海南、福建全国 18 个省市均有种植，且药用价值高，味苦性寒，具有清热解毒，止痛止血功效。小时候，有次我身上发风湿，指头大的疙瘩满身都是，奇痒无比，母亲就是用紫薇花煎水治好的。

关于紫薇的故事，民间有几个版本的传说，我对紫薇花和王子的传说最感兴趣。在很久很久以前的天宫，住着一位俊美的王子，天庭所有的仙女都倾心于他，也包括紫薇仙子。有一天，王子路过紫薇仙子的紫薇园，紫薇开心极了，以为王子是来找她的。当看到王子远去的背影，紫薇很失落，这时牡丹仙子出现在王子身边，原来王子和牡丹早已互相倾慕，约好来这里相会。看着美丽的牡丹，紫薇心里既喜欢，又无奈，虽然自己对王子的爱得不到回报，可紫薇仙子仍然在天宫和人间默默地付出她的爱。

“如果时间能够倒回，你能不能等在紫薇花下，这一次，我永不失约。”可惜这句话不是王子对紫薇仙子说的。雨过初晴，花叶带雨，似美人幽怨的眼。漫步在紫薇花下，风穿枝而过，树上的水珠噼里啪啦滚落下来，打湿了我的头发、衣衫，似是紫薇仙子对王子无法掩饰的爱而不得的泪水，让人无比心疼。

世间万物，大都是年岁越久越具有沧桑感，唯独紫薇的树干是个例外，树皮光滑洁净，丝毫看不出岁月在它身上留下的痕迹。我忍不住上前抚摸，它竟浑身颤抖，枝叶发出哗哗声，像是在哈哈大笑。回家查阅，才知紫薇的别名也叫痒痒花、无皮树、百日红。

这个季节蝴蝶也最多，大的、小的，黑的、白的、黄的彩蝶在花中穿梭往来，时时可见成双成对的彩蝶翩跹起舞，不知可是梁山伯与祝英台的化身？据说，如果你的周围开满了紫薇花，紫薇仙子就会眷顾你，给你一生一世的幸福。但愿身在紫薇花丛的所有生灵，从此有情人终成眷属，生生世世永相随。

蔷薇花开春渐远

绵密的细雨淋湿了这个寂静的黄昏，也冷却了昨日热情的温度。日子暮去朝来，无声无息。还没好好感受春的温情和浪漫，季节已将早春涂抹在枝头的胭脂吹落，那些姹紫嫣红的明艳被一笔带过。看着曾经开到荼的枝头只剩一片青绿，心头漫过一种“雨横风狂三月暮，门掩黄昏，无计留春住。泪眼问花花不语，乱红飞过秋千去”的伤感。

雨，密密地斜织着，如此轻柔舒缓，给人无尽的想象。沿着伞檐滚落下的雨珠，滴答——滴答——敲打着青石路面。清脆的声音有些孤独，如曾经反复播放的一支老歌，久久萦怀，挥之不去。一阵浓浓的蔷薇花香，乘着暮春的微风，漫过层层的枝叶扑鼻而来。我一手撑着小花伞，一手提着长长的裙裾，穿过公园曲径通幽的蜿蜒小径，一步一个台阶，寻香而去。

水色如烟，光影朦胧。就这样，在暮春的这个黄昏，我与一树树蔷薇邂逅。一簇簇，一朵朵，白的、红的、粉的，热热闹闹地开在枝蔓间，开在黄昏空灵的雨雾中，也开在我舒展的眉宇间，开在我灿烂的心头上。

更有密密匝匝红的、绿的花蕾如星星一样挤挤挨挨，傲立枝头。

月未圆，花半开，恰是人生最美的境界。蔷薇初绽，色泽纯正浓烈，白的纯洁无瑕，粉的妩媚妖娆，红的热烈奔放，如少女微微轻启的朱唇。凝脂般的花瓣上满是晶亮亮的雨珠，如水晶，如珍珠，如星星，如婴儿不染尘埃的眼眸，在青绿鲜嫩的叶子映衬下，美得让人心醉，让人沉迷。

春雨生凉，我伫立花前，任风凌乱我的长发，掀起我的裙角，隔着雨雾与蔷薇相顾无言，默默对视，所有的爱意毫不掩饰地流泻在这些花枝上。空气中流淌的馨香，如甘醇美酒，轻嗅微醺，带着醉意。若懂，何必多言？即使无声，也很美好。那要有怎样的深情，才不负这美好的相遇？要有怎样的执着，才能留住你的美？我丢下雨伞，不停地调整姿势，选择角度，想留下纯粹的你，单纯的美。纵使一朝红颜去，最美的你依然留在我心里。

依着那些充满爱意的蔷薇，隔着忽浓忽淡的雨幕，一些起起伏伏的往事却上眉头。犹记那年初夏，满屏都是爱花人拍的蔷薇。那婀娜纤细的柔枝上，尽是千姿百态的红蔷薇，开得那么热烈，那么尽兴，缠绕着黑色的铁栅栏，爬满了低矮的土围墙，织成一堵旖旎的花墙，风姿绰约的花影让人心生欢喜。一眼千年啊！从此，那惊鸿一瞥的红蔷薇铺满了我的心田。年年岁岁花相似，岁岁年年人不同。光阴走逝，岁月轮回，又与蔷薇邂逅，恰似与你重逢。

伸手握一片早谢的蔷薇花瓣，似是握着一份含香的记忆。无论过去多么久远，那些美好的记忆，都会绕过时光的长廊，在心底镌刻成一道最温馨的风景，装扮着平淡的流年。

凤凰山上的油茶花

一向晴好的天气，到了周末，老天突然变了脸，风裹着雨和雪姗姗而来，致使气温骤降，秋色未凋的高山一下子就掉进了寒气袭人的严冬里。就是这般光景，却依然阻挡不了我们亲近大自然的脚步。

“欲把西湖比西子，淡妆浓抹总相宜。”其实，晴天有晴天的美，雨天也有雨天的妙。若不是下雨，我又怎会欣赏到烟雨迷蒙的凤凰山的美景呢?

初冬的雨，多了一份矜持，舒缓而柔软，如游丝一样飘在空中，把群山轻拂笼罩。山上的树啊，草啊，蒙着一层薄薄的水汽，便多了一份婉约灵动。云雾也很是精致，淡淡的，若有似无，如丝如缕，在山间流韵婉转。远处，偶尔有几团雪白的云雾从谷底袅袅升起，仿如一条绸带，缠绕山腰。明明是北方的初冬，因了一场细雨的光临，像施了魔法一样，变成了烟雨江南的美妙意境。

极目四望，初冬的凤凰山，像一幅浓墨重彩的油画。深深浅浅地变幻色彩，交相辉映，把山山峁峁渲染得五彩斑斓，如诗如画；又像是经过岁月沉淀后的美人，焕发着成熟自信的魅力。你看，绿是青绿、浓绿、墨绿，黄是明黄、金黄、橙黄，红是粉红、深红、橘红，又有哪一个季节能像现在这样美艳之至呢？

几户白墙红瓦的农家小院散落在群山怀抱间，静谧安详。偶闻几声鸡鸣狗吠，使山村显得更加静谧幽宛，阡陌交通，田舍俨然，仿若到了陶渊明笔下的桃花源。

而最吸引人的是漫山遍野的油茶花，它们不畏严寒，在风雨中傲然挺立、争奇斗艳。一朵朵，一树树，你不让我，我不让你，开得那么热烈、那么美艳，把岑寂的大山打扮得分外妖娆，给这萧瑟的初冬带来一片耀眼的明丽。

“百花开时我不开，我花开后百花杀。”原以为这个季节已是万物凋敝，只有残菊寒梅独自与严寒抗争，不承想在这如此瘠薄的高山之巅，能见到万亩油茶花盛开的壮观景象，心里充满了由衷的惊喜和敬佩。我们撑着伞，丢下平日的矜持，疾步向前奔去，在无边的花海中来回穿梭，看看这朵，嗅嗅那朵，细细欣赏这一树树花的精灵在风中摇曳生姿。“繁枝容易纷纷落，嫩蕊商量细细开。”那洁白的花瓣细腻如凝脂，光滑如丝绸，上面滚动着晶莹透亮的珍珠，似是美人喜极而泣的泪，让人心生无限爱怜。不要说爱美的女士，即便是男士，又有谁会错过和这些鲜妍绝伦的漂亮花儿合影的机会呢？

油茶花花期长，为期三个月。每年十月份开，一直热热闹闹开完整个冬季。油茶树的果实和油茶花相比，低调多了，和油桐差不多大小，红褐色，在洁白的油茶花旁，一点儿也不起眼，若不留意，很容易被人忽视。

油茶树不仅花开得雅致漂亮，观赏性高，而且果实榨出的油，品质好，是最古老、最原生态的一种纯天然高级油料作物，加上洪山镇又是全国五大富硒源地之一，品质更是一流。正因为如此，当地政府看好这一产业，把油茶基地建设作为脱贫攻坚的富民项目来抓，现已初具规模。我想再过几年，山地油茶将会发挥更大的经济效益，为百姓带来丰厚的利润，引领村民走上幸福之路。

看着这满山的油茶花，再看看身边为村民劳心劳力、几个月未能休假的镇村干部，怀着对山地油茶的向往，那坚定自信的脸庞，不就是这朵朵盛开的油茶花么？

一树红叶入梦来

风是快乐的精灵，自北而来，一路轻歌曼舞，吹开秋花点点。陌上花开，情义绵长。穿行于菊花、格桑花的花海里，嗅着淡淡的芬芳，看各色花儿浓墨重彩，在风中摇曳生姿，满眼似是春天般明丽的色彩。给人时光不老，春未远去的错觉。而我心心念念的依然是那漫山遍野的红叶，它曾多少次入梦而来。

深秋的风，悠然穿过山林，总有窸窸窣窣的轻言浅语拂过耳边，那是风从远方捎来的思念话语。枫叶便羞红了脸，先是点点滴滴，接着三片两片，最后大片大片的红点缀在苍松翠柏间，在单调灰蒙的深秋中横生一片明媚，那么妖娆，那么艳丽，温暖着寒凉的岁月。经历了漫长的春夏跋涉等待，盛装出席，定时赴一场前世之约。如此娇媚，只需一眼，便让人深深爱上。

其实最早爱上秋天的红，可以追溯到多年以前。

第一次读到“停车坐爱枫林晚，霜叶红于二月花”，眼前便浮现出夕阳晚照，漫山遍野都是千片万片被寒霜打过的枫叶，在余晖中千娇百媚，比二月的红花还要鲜艳。那是怎样摄人魂魄的美，让诗人流连忘返，也让读诗的人深深地爱上了红于二月花的枫叶。

红豆生南国，枫叶守北方。一南一北，一春一秋，遥相呼应，都是爱神的化身。我一定是中了诗人种下的蛊，在季节的路口痴情地等待，年年期盼，年年守望，却总是情深缘浅，阴错阳差，未能近前赏过红叶。就连作协前年组织参加的“秋韵红叶·最美茨沟”采风活动，也是失望而归。

光阴辗转，秋也无声溜走。一场绵绵细雨随冬而来，带着深深的凉意。我独自一人踩着厚厚的落叶从公园穿过。风雨无情地剥落着树上的残叶，一枚枚黄叶如一只只蝴蝶，在风雨中纷纷飘舞，带着一丝丝凄凉，一丝丝幽怨，然后慢慢飘落在我的脚下，陷入泥沼，那晶亮的雨滴如幽怨的眼神看着我。我下意识地低头一瞥，心里倏然一紧，这不是我心心念念的枫叶吗？说好的，秋日来到，将盛装示人，怎么如此憔悴？那绿中泛黄的身躯已失去了水分，留下斑斑驳驳的岁月痕迹。秋雨落在叶上，也打在我的心上，我呆呆地站在雨地里，到底是我不够深情，还是枫叶另有隐情，为何我们是这种方式相见？小心保存多年的美好瞬间碎了一地。

后来偶听人说，看红叶是要讲缘分的，霜来枫叶红，风来枫叶落，就算霜来风不来，经了霜的叶子，无风也会自落。枫叶如昙花一样，完美的时间只有几个小时，若是夜间，只能错过。

原来世间所有的相遇都需要缘啊！那与红叶惊艳时光的相遇，不知前世需要积修多深的缘分，才能在最美的年华里，恰遇那个深情的人。而陕南的川道，哪来的秋霜？总是风雨交织，我又是人间饮食男女的俗人，没有为情怀而敢于抛下饭碗的勇气，只能在现实中继续错过，在朋友圈里欣赏。

很长一段时间，心里都有一种遗憾和失落。前几天，和朋友去高新公园，眼前飘来一片红云，以为是错觉，定睛一看，的的确确是红叶。我激动地向前奔去，原来是黄栌。树姿优美，色彩艳丽，小小的椭圆形叶子闪着润泽的亮光，粉红色的羽毛样的花梗，似云似雾，宛如万缕罗纱缭绕树间，如梦一般，美不胜收。

我心里大喜，人生何处不相逢？树木本无情，庸人自扰之。多情的是我们这些看客。何必心存执念，割舍不下。每个人有每个人的生活方式，不同的树木有其独特的美。春华秋实，落叶归根，是树木一生的轨迹。带着一颗随缘的好心情，哪里都是美景。

心结已解，敞亮了很多，伸开双臂，敞开怀抱，迎接静美的秋天。今夜，等一树红叶入梦而来。

秋染陕南

城市鳞次栉比的高楼不但遮挡了人的视线，也僵化了人的思维感知。因了生计，整日穿梭在市井小巷，早已忘了时令的更迭、四季的变化，只有早晚的温差提醒人们指尖的时光已在不经意间远去，轮回的季节悄无声息地改变了原有的模样。

“一场秋雨一场寒。”秋，确乎已然到来，置身郊外，放眼望去，满目都是岁月匆忙走过的痕迹。几场寒雨，褪去了夏日浮躁的霓裳，穿上七月流火的清凉。曾经凝碧滴翠、充满勃勃生机的茂密绿林，已是华丽转身，换了色彩。黄了的，不只是历经沧桑的银杏叶，还有成熟的柑橘、柚子；红了的，不只是红彤彤的柿子，还有漫山遍野的黄栌、枫叶；绿了的，不只是未凋的香樟叶，还有四季常青的棕榈、松柏……深深浅浅的红、橙、黄、绿，五彩斑斓，装点连绵起伏的山山峁峁、沟沟岔岔，这是岁月最为温情的馈赠。

湛蓝的天空绣了几朵白云，愈显高远辽阔。苍穹下，月河两岸平坦肥沃的土地上，却有一点点失意落寞。稻谷早已归仓，留下半尺高的稻茬还未来得及翻犁深耕，偶尔有觅食的鸟儿在田野里捡拾遗落的谷粒。掰过穗子的包谷秆，蔫蔫地站着，毫无生机。老农点燃田里剩余的细碎秸秆，浓烟随风袅袅升起，越升越高，越来越淡，最后和空中流云融为一体，有一点淡淡的忧伤，勾起漂泊游子浓浓的乡愁。一头老黄牛伫立地头，像一位勤劳的智者，遥望着远方，沉默不语。

陕南的秋天，雨总是缱绻缠绵。量不大，也不急迫，就这样时停时下，时下时停，淅淅沥沥，如烟如缕，随风斜织，编成一张雨帘，铺挂在树梢村舍间，撕扯着，牵连着。月河川道迷蒙在这雨雾里，极尽绕指柔媚，婉约成梦中的江南水乡。清澈的小河、潺潺的溪流、温润的清涧是最活跃的，常常与通往村庄的水泥大道并肩而行，水回路转，如一条明带轻绕村庄、田舍。水是这里的精灵，在它们的滋润下，不但姑娘水灵白皙，就连这里的庄稼草木也富有灵气，特别茂盛。尽管家家户户都安装了自来水，人们还是喜欢在小溪边淘菜、洗衣，享受慢节奏的幸福生活。

“湿屈青条折，寒飘黄叶多。”婀娜多姿的垂柳芳华已逝，片片黄叶随水飘零，追向梦的远方。那枚层林深处的枫叶，极力遮掩无尽的心事，还是一不小心被霜风泄露。先是绿色中的一枝独放，进而零星点缀，接着就一发不可收，一片连着一片，最后成为熊熊燎原之势，满山架岭都是炫目的红，那是枫叶写满相思爱恋的诗行，是对秋浓意深情的告白。

走近树林掩映的农舍，红墙青瓦的房前屋后，总会看见一畦畦绿油油的蒜苗，一行行散发清香的芫荽，一架架开满黄花的丝瓜，一墙墙吹着紫色喇叭的牵牛花。院坝边，砖头砌成的简易小花坛里，总有随着季节不断变化的花朵，曾经的月季、水仙被眼前的菊花所替代，给人明丽的欣喜。

小院里，大黄狗慵懒地在房檐下睡觉；几只雄鸡或悠闲散步，或在泥土里刨挖、觅食，村妇与邻居边干活边拉着家常，幼童蹲着看蚂蚁搬运粮草，竟是如此的温馨和谐。

眼前并不只有苟且，诗也未必都在远方。随意推开一扇轩窗，都充满了浓浓的诗情画意，给人无限遐思：天凉好个秋！

一枝腊梅傲冬寒

寒冬的风，扯着一缕牵念，从耳畔掠过。站在时光深处的巷口，未能盼来一场雪的眷顾，却等来了一场雨的滋润。北风和冬雨逼退了悠闲自在的大爷大妈们的脚步，路上一下空旷冷清了许多。

被雨清洗过的路面，油黑、光亮，是我喜欢的模样。一把蕾丝小花伞，撑不住头顶上方这块不知是南还是北的晴空。足下的高跟鞋踩着冬的坚硬与生冷，江边的梧桐和垂柳依然有枯叶的滞留，冷雨像珠帘挂在寂寞的伞沿边，哀唱着冬的苍茫与萧瑟。天青色的烟雨，给江面披了一层轻纱，一只水鸟贴着江面从空中掠过，划着优美的弧线，树上的弱枝在风中轻轻摇曳。一缕暗香随风扑鼻而来，我提着裙角涉水寻香而去，在一块大石头后面，意外地与一树腊梅邂逅。

腊梅的枝干并不粗壮，杯口粗细，褐色的虬枝疏影横斜，倚在临江的一条偏僻的小径路口。初绽的腊梅，贴在枯瘦的枝干上，冰清玉洁，满是希望，满是活力。一身铮铮傲骨跃然枝头，傲视风雨。遗世独立的倔强、一世孤傲的风骨挽住了多少行人匆忙的脚步和留恋的目光。沾着晶亮雨珠的黄色花瓣，润泽透明，装点着别致的冬天。一只喜鹊诗意地在花枝间跳跃、欢唱，演绎着现实版的“鹊踏枝”。

眼前这枝独放的腊梅，在天穹下略显孤单，少了一丝情致。昨夜有人发了一张北国腊梅盛开的图片，红漆油过的古老斑驳的屋檐，与一枝覆满白雪的黄色腊梅相顾无言，所有的心情在静默对视的目光中流泻此时无声胜有声的默契。南窗屋檐雪下沉寂的往事瞬间鲜活，回忆一下缩短了过去与今朝、塞外与江南的距离。

现在提起，依然清晰如昨。那年的江南小镇，也是这样烟雨濛濛，诗意浓浓，而塞外漫天飞舞的雪花正在书写冬的清寒。也许一些回忆无法温暖夜的寒，溢满心房的思念借着南方出差的机会在有她的小镇逗留。寂寞的站台有望穿秋水的等待。那时的他们很是矜持，久别重逢的欣喜在无法掩饰的笑里流露，却化作彼此口中一句淡淡的“来了”“久等”。一把雨伞怎遮住两个人的风雨，尽管他努力向她靠近靠近再靠近，推来让去的伞却让两人都湿了衣衫。

就近走进一座茶楼，他们隔桌相对而坐，所有的思念和牵挂随着一小包正山小种浸入壶中，调成千回百折的情绪，一饮而尽，留下一些如白水一样无味的话语，散散淡淡地交流着别来的安恙。墙角一盆绿意丛生的绿萝，让人疑为春天涌进了室内。如春的暖色飞上她腮边的双颊，如三月盛开的桃花，惊艳他的眼眸。

当重逢的伞还未来得及合拢，却又到了离别的渡口。所有想象中的画面都未曾发生，就像时常相见的老友一个平常的分手，一句“一路顺风！”一句“珍重！”多了别样沉重的滋味。转身间，意外发现昏黄的路灯下，两树腊梅在雨中摇曳，他怔了一下，不无惋惜地说道：“可惜没有机会欣赏了。”然后继续向前，未做停留。刚刚并排的两行脚印，转眼形单影只，离别打湿的背影看不出两人的表情，就像猜不出两人的心情。

一声毫无征兆的短信提示音，传来他的信息：“南方的小镇和你一样温润、难忘。”她略略思索了一下，手指在屏幕中飞快地敲击，跳出一串字符，然后删去，再敲再删，如此反反复复，最后成了一张猜不出结局的笑脸表情符号。

光阴辗转，流年暗换，隔年的故事变成了童话。不曾去问，后来赏梅时，谁陪伴了他？也未曾去想，她眉间的春色到底给了谁？思绪在现实和回忆中穿梭，目光在图片和眼前中交换。该知道，有些相遇，不是越早越好。

“天涯也有江南信，梅破知春近。”即使无雪，几场清寒依然可度梅。在坚守中，梅把寒冷守望成春天。看，枯瘦的梅枝已绽放出春天的讯息。

第二辑　鹿鸣呦呦

弯弯小河寄情思

时光总会带走一些故事，然后了无痕迹，但也有一些美好总会沉淀下来，暗香盈袖，成为魂牵梦萦的牵挂。

故乡有一条小河，小得没有名字，更无法在地图上出现。它像一条玉带，轻轻绕着村庄，流向远处。就是这样一条小河，养育了两岸数千儿女，给我的童年带来了无尽的欢乐。

故乡的河，像生活在这里的居民一样，质朴无华，默默奉献。小河未受污染，也没有刻意筑堤治理，随形依势自然流淌，经年冲击的河床，蜿蜒曲折，时窄时阔，引导河水也时紧时舒。河两岸则是长长两排垂柳。每到春天，飞花堆烟，醉笑春风，把小河映衬得分外妩媚。

河水清澈见底，鱼翔虾游，碧绿的水草苔藓，大大小小、各色不一的鹅卵石，都历历可见。阳安铁路跨河而过，将此段河流一分为二，铁路以北为上河，铁路以南为下河。上河修了一座宽二三十米、高七八米的拦河大坝，清清的河水翻过大坝，跳过一层层台阶，如抛洒的万斛珍珠，在空中划过优美的弧线，又重重跌落下来，形成一帘宽大的瀑布，壮观秀美。曾经棱角分明的磐石，在河水经年累月的冲击下，早已圆润光滑，失去了锐气，如同经过岁月打磨的我们。

我们喝的、洗的、菜园、庄稼等生活生产用水全靠这条河。每天，天刚蒙蒙亮，就依稀可见阡陌纵横的小路上，挑着水桶的乡亲，一手扶着扁担，另一只胳膊用力甩开，随着脚下的步伐有节奏的摇摆，水桶跟着晃动，成为清晨一道亮丽的风景。

夏季稻田大量需水时，水被上游截断，全村老少扛着铁锹锄头抢水守水。身强力壮的男子守在上游，确保水能流入自己的地段，其余的人都分配在指定的地方，以防下游有人偷水。虽如此，邻里乡亲的，大都顾及面子，商量调剂，也倒平安无事。

河水并不如想象中的温柔，总有那么点调皮，不守规矩。每年夏季，都要涨几河水，每涨一次，河床就会偏移一点，日积月累，河中留下大片的沙洲，这里就成了孩子们的乐园。印象中，我童年中大部分时光是在小河边度过的。

每天下午放学，写完作业，我就拿上笊篱、瓶子，去河里捉鱼捞虾。满河里，只有我一个女孩，男孩不屑和我一起，我也不愿和他们一起，但这并不影响我捉鱼的兴致。我睁大眼睛在河里寻找，耐心地搬动一块块石头，在水草里摸抓……我的技术实在不怎么样，忙活半天，不过是几只小虾，一两只螃蟹，偶尔一两条寸把长的小鱼，已是不错的战果。若遇上游下雨河水浑浊，就趁鱼被呛得发蒙时可下手多抓一些。我对此乐此不疲，常常是晚霞不眠我不归。

最有成就的一次，大人不在家，我和三姐吵架，隔壁的家林哥担心我们打起来，就带我下河捉鳖。他说河床边的泥里有小洞洞的，里面就有鳖。我将信将疑，看他用火钻在泥里戳，果然没多久，他扎了一只一斤多重的鳖，我们高高兴兴地回家，表婶给我们炖了美味的鳖汤。

枯水期，河床两边有大片的肥沃泥沙地空着，十分可惜，于是就有人整理出来种菜。初夏时节，一架架青绿的黄瓜、一蓬蓬修长的豆角，一畦畦或红或绿的辣椒、西红柿……长势喜人，养眼养胃，让人垂涎三尺。馋嘴的孩子常会趁无人时，偷摘尝鲜。

夏日的正午，河边最为热闹。女人们拿着一家老少的衣服，在柳树下一边洗衣乘凉，一边和姐妹们家长里短地拉家常，兴致处，咯咯的笑声飞出很远很远，把平静的河面搅个天翻地覆。孩子们自然是少不了的，有摸鱼的，有洗澡的。旁边卧着一头水牛，悠然自得，十分和谐。沙滩上，几个女孩在抓石子，真是天然的游乐园啊！

想想那时真是无知无畏。一河大水，将河坎旋成“c”字形，正好凹进去的地方是一棵大柳树，我们抓住几根最长的柳枝，从这边荡到那边，那边的小孩又荡到这边，开心极了。

夏夜，朗朗清月高挂柳梢，月色溶溶，光华流泻，粼粼水波在月下闪动着迷人的媚眼。杨柳多情，偶遇清风，便羞羞答答、扭捏起来，风扶弱柳，仪态万千，似有诉不完的相思情。知了不解风月，见此情此景，反“知了知了”地大叫，惊得风丢下柳树没了踪影。小河两岸，稻田茫茫，青蛙卖弄着并不动听的歌喉，“呱呱呱，呱呱呱”，呼朋引伴，歌声此起彼伏。

故乡，还是那个故乡，但小河早已不是给我童年带来欢乐的小河。那清澈的河水，随着农村城市化进程的推进，已成了遥远的记忆。如今，隔着重重山，隔着条条路，隔着深深的记忆，我在远方将你深情凝望，邀你入梦而来。

流水情深

别过明媚的三月，转身与浪漫的四月邂逅。在这最美人间四月天的季节里，幽居一角的心事被风轻轻拂起，扯得悠远深长，思念如暮春田野的荒草，肆意疯长。光阴早已将你打磨成禅，我在佛前将你默念成诵。

四月的阳光是明朗的，四月的山水是纯粹的。当远道而来的友人问，安康附近有哪些好去处时，我脱口而出：流水古镇。除了一江碧波荡漾的清水，极具江南风情的“中国最美十大小镇”，对八百里秦川的关中人来说极具吸引力外，更有我藏着的私心，欲了却我对流水古镇的思念之情。

近乡情更怯。当车子下了高速，驶入流水境地时，心扑通扑通跳个不停。除了绵延起伏的山和无数沟沟岔岔回水的绿，还有没有我熟悉的呢？自十多年前离开后，中间因事两次途经此地短暂逗留外，一直未能专程回来看过，这次，正好了却多年的心愿。

流水古镇三面环水，一面靠山，算得上名副其实的秀丽水镇。下车驻足，四顾环望，以小广场为中心，五条不长的街道向东西南北四面伸展。撇过无法改变的地形地貌，一切竟是那样的陌生。自以为像熟悉我手掌纹理一样的古镇，早已在岁月的更迭中，成为永久的回忆，丝毫不见当年的踪影。眼前的小镇，白墙黛瓦、雕梁画栋，原来商业街两边卖衣服百货的店铺，已换成了茶叶、木耳、瀛湖鱼、豆腐乳等当地特色产品。古镇不古，真正的古镇，早已长眠于二百多米深的湖底，此时经过修葺的小镇，旧貌换新颜，宛若江南水乡游出的小家碧玉，精致灵动，极富张力。难怪成为安康旅游业升起的一颗璀璨明星，受到来自四方游客的青睐。

因为并非周末，又是下午，外来的游客并不多，不算宽敞的街道显得有点空旷、冷清。友人不时地在一个个摊点前停留，挑选询问，老板一一耐心解答。我心不在焉，双眼四处张望搜寻，一条街走完，除了当年理发的那个是老面孔外，余者皆不认识。失望之余，又感到欣喜。水往低处流，人往高处走，他们从小镇走向城市，不正是多年来所追求的生活吗？

转角处，忽见湖面开阔，碧水盈盈，似硕大的翡翠镶嵌在群山之中。四周山峦叠翠，树木葱茏茂密，遮天蔽日，这样的山围绕着这样的水，这样的水倒映着这样的山，再加上湖中鱼群结队，帆影点点，白鹭行行，小岛林立，有种人在画中游的感觉。友人在赞不绝口的同时，还风趣地对陕北、关中、陕南的女子做了比较，认为还是陕南的女子貌美水灵，真正是山美水美人也美，到老了来安康安度晚年。

其实，瀛湖最美的季节不是春天。深秋初冬，电站大坝下闸蓄水，水位上升，湖面更加开阔，曾经巍峨的高山瞬间矮了不少，又形成更多的岛屿。那些挺拔的树木，要么随着小岛完全沉没在湖底，要么一半在水中与鱼儿相亲，一半在空中与蓝天相伴。水色如烟，光影朦胧，岛屿罗列，如梦似幻，身心都醉了。山上树叶五彩斑斓，深浅不一的红、橙、黄、绿，把大山装扮得分外妖娆。清晨，湖面烟波浩渺，云雾弥漫，小船和远山若隐若现，海市蜃楼般，似人间仙境。晴日波光潋滟，雨天烟雨迷蒙，各具风采。我们选取不同的角度，拍照留影，留住这曼妙的风光，留住这美好的时刻。

流水，自古就是汉江黄金水道的重要驿站，素有“小上海”之称，水运发达，出川渝，下汉口，都由此经过，即使交通发达的今天，看看码头停泊的船只，也能窥其一二。

踩着脚下熟悉的每寸土地，嗅着柚子花浓郁的香甜，倍感亲切、温暖。沿路返回，又从广场向北面的台阶爬去，拾级而上，有种行走在山城重庆的感觉。这条街的房子从前面看是二楼，绕到后面，便成了一楼。上完一百多个台阶，就到了流水镇政府的前院，这是小镇的制高点，站在这里，水镇“五行”一览无遗。俯视新貌，搜索印记，顿感年轮与驰，岁月沧桑，心里突然涌出淡淡的忧伤，甚至有眼眶潮湿的冲动。因为，这里曾留下了我人生最美好的年华，有笑有泪，有幸福也有苦涩。

最后，我们选了临江的一家酒馆，坐在院坝边上，看落日的余晖柔柔地铺向湖中，半绿半红，瑰丽无比。向晚的风徐徐飘来，像婴儿的手光滑细腻，我们边喝边聊，惬意极了。

失去的，总是最好的。随着岁月的流逝，那些幸福的、痛苦的过往，都将成为挥之不去的美好记忆。

魂牵梦萦峡谷情

有些地方如同人一样，只是一次，便不想再见；而有些地方只需一眼，便深深刻在心里，让人魂牵梦萦，中坝大峡谷就是这样让人心心念念、割舍不下的地方。

精挑细选在初夏的一个周末，约三五好友，于晨光熹微中，迎着初升的朝阳，携着清风花香，再次踏上了开往中坝大峡谷的列车。

窗外，包茂高速公路两旁的槐树上，挂着一串串洁白的槐花，散发着诱人的香甜味道。稍远处的田野里，油菜荚已经泛黄，麦子顶着沉甸甸的麦穗，谦逊地低下了曾经高傲的头颅。下了包茂高速，就转入了水泥铺就的公路。公路一边是高耸入云的巍峨群山，一边是笔直陡峭的悬崖，悬崖下则是一条滚滚东流的大河。河随山流，路随河转，车在山中穿来绕去，绕了两个半小时后，终于到达了目的地。

一块平坦开阔的停车场像是被群山包裹的一个摇篮，幽幽凉风便从前面的谷口徐徐飘来，使人神清气爽，我迫不及待地向景区奔去。

大自然真是鬼斧神工，只见一条清澈蜿蜒的溪流拼尽全力，硬是从一座山中挤出一条缝儿，把大山一分为二，形成了眼前这条无比秀丽的峡谷。峡谷深长清幽，宽窄不一，宽处数米，窄处不足一米，大约是小溪劳累乏力时挤出的。

两边陡峭的山峰直插云霄，茂密的植被覆满了山峦。山中树木种类繁多，有的高大笔直，不枝不蔓；有的枝枝蔓蔓，旁逸斜出，似乎和对面山崖上的树木是难舍难分情深意浓的恋人，总想缠缠绵绵，枝叶相亲，在溪谷上空搭了一个绿色帐篷。放眼望去，除了绿还是绿。那绿，不似初春那般娇嫩，不像秋天那样苍老，而像上等的翡翠，碧绿通透，闪耀着生命的活力。浓密的树叶遮住了头顶的阳光，撒下一片阴凉。两岸青山静卧水底，染绿了溪水，翠绿翠绿，像是谁不小心倒下一河绿色的染料。加上各种鸟儿啾鸣声和树叶筛下的斑驳光影，使峡谷显得更加幽静。

沿着木质栈道前行，没走多远，耳中就传来轰隆隆的水鸣声，循声望去，原来在大峡谷东南面的半山腰上有一挂巨大的瀑布。透过枝叶缝隙遥看瀑布的源头，只见清清的泉水翻过一条石堰，从高高的崖壁口义无反顾地纵身飞跃而下，本是浑然一体的百米巨幅水帘，被凹凸不平的壁岩、树枝、水草撕裂成形状不一的一缕缕绢绸，千丝万缕地交织着，撕扯着。细看，又犹如由万千珍珠串起的珠帘，悬于半山腰间。瀑布四周弥漫着流云般的淡淡烟霞，初夏的阳光照耀着瀑布，折射出炫目的七彩光芒，形成一道道彩虹。粒粒珍珠流光溢彩、熠熠生辉。壁岩上嶙峋的怪石被水经年累月地冲刷，早已失去了棱角，变得圆滑温润。因为潮湿的缘由，岩壁上铺了一层厚厚的、碧绿的青苔，让瀑布有了层次感，像极了妙手丹青绘制的巨幅山水壁画，鲜活灵动。游人纷纷拿出手机，在此排队拍照、摄影留念。因它位于峡谷门口，似是迎接各位游客，故得名“迎宾瀑”。想到前几日，朋友圈有人晒出闻名古今的庐山瀑布，只剩下一缕细细的溪流，从上面无力地流泻下来，似是随时都有中断的可能，哪里还有“飞流直下三千尺，疑是银河落九天”的气势时，不由得对眼前的这挂瀑布更加喜爱。

有瀑必有潭，瀑布经过剧烈地运动，最终汇集在瀑布下方的潭里。一瀑一潭，一动一静，交相辉映。瀑布跌落处，翻起的朵朵浪花，洁白如雪，如盛开的雪莲，只是瞬间凋零，归于沉寂。这深深的潭水，湛蓝湛蓝，宛如镶嵌在峡谷中的一颗蓝宝石，蓝得忧郁，蓝得沉静，然后带着美好的愿景向远方奔去。

再往前走几步，路边有一株千年古藤，顺着山根爬上了山顶，藤蔓又向四周肆意延伸，上面系满了红绸带，不用问，这一定是游人在千年古藤前许愿的。我也感觉这株古藤业已成精，不知会不会在夜深人静时出来一个慈眉善目的老爷爷？

陕南本就风光秀丽，这里更是山奇水秀，林密潭幽，步步美景，满眼生辉，应接不暇。我们一路欢呼雀跃，不停地拍照留影。特别是过那座由麻绳做的软桥时，既害怕又忍不住好奇，颤巍巍地走了上去，有胆大的故意左右摇晃，桥便剧烈地晃动，像儿时荡过的秋千，刺激、惊险，吓得胆小的不停地尖叫，笑声、叫声响成一片。哪里还记得自己人到中年、平日的烦忧呢？

碧波秀水椒沟河

深秋的叶坪，满山都是红黄交织的枫叶、黄栌，点缀在四季常青的苍松翠柏间，把秦岭山脉装扮得分外妖娆。

陕南的美，在于山的青，在于水的秀。当我双脚踏入叶坪，第一眼看到椒沟河时，便有一种久违的怦然心动的感觉，从此令人魂牵梦萦，挥之不去。

其实，家乡本如江南水乡，河流纵横交错，只是在城市化进程中，人们一味追求经济利益的最大化，使得一条条河流枯竭而死。那带给我童年多少欢乐，后来只能在梦里相伴的小河，就这样如故人一样意外相见。

椒沟河这条不被外人所知的小河，就像一个养在深闺人未识的纯情内敛的纯天然美女。清水出芙蓉，自然优雅，不矫揉造作，不张扬疯狂，温顺地依偎在大山的怀抱。河流随山就势，或笔直，或蜿蜒；河道或开阔，或拥挤，全依山势而为之。没有人为修砌的椒沟河，少了一份循规蹈矩的拘谨，多了一份随意率性的洒脱。河面没有一点杂物，远远看去，多像一条迂回环绕的丝带，轻轻缠绕在叶坪的山腰。本来植被丰茂，山高秀美的叶坪，更加婉约灵动。

椒沟河的两岸，是一排排风姿绰约的杨柳和翠竹，枝上顶着稀疏的黄叶。倒是脚下，如一层厚厚的地毯，踩上去软绵绵的，恨不能像小时候那样，躺地上打几个滚，翻几个跟头。“轻肌弱骨散幽葩，更将金蕊泛流霞。欲知却老延龄药，百草摧时始起花。”正是菊花盛开之时，大片大片黄的、紫的野菊花给小河编织了一个漂亮的花环。

我惊讶于河心小小沙洲中的柳树和小草，它们是有多顽强的生命力，能够长得如此茂盛；它们又是多爱漂亮，立于水中央，时时俯身欣赏自己的婀娜身姿，像极了《蒹葭》里宛在水中央的伊人，多了几分妩媚，让行人忍不住将目光停留在它们身上。

如此清澈秀丽的河流早已不多见了。深秋的陕南，暖如春阳，阳光穿过山间树梢，柔柔地照着椒沟河，河面便泛着粼粼的波光，如谁不小心撒下的金沙，又如夜空闪烁的无数星辰，让人迷恋陶醉。清澈的河水像一个相机，将河中的水草、鱼儿、小石、沙砾，头顶的蓝天、白云，两岸的杨柳、毛竹，全都收入镜底。

河中一排排搭石，河上一座座软桥或水泥铸就的小桥，连接着两岸的人家。有男子挑着担子、甩着胳膊，从搭石上稳稳走过，让我想起小时候过搭石掉到水里的情景。出于好奇，我迈向了软桥，一只脚刚上去，桥立即左右摇晃起来，吓得我不敢继续前行。站了一会儿，等桥晃得不那么厉害了，我才小心翼翼继续向前移动。不过，这种晃悠悠的感觉还挺有趣的。

椒沟河似乎从不知忧愁，是那么快乐。那叮叮咚咚，清脆悦耳的水流声似快乐的歌谣。许是心怀梦想吧，它不畏路途遥远，一心向前奔跑，翻着细细的浪花，奔向恒河，最后经月河流入汉江。

椒沟河是无私的，默默养育着一河两岸上百户人家，滋养着数千亩的良田。因为水源保护好，水质优，富含硒，当地人称之为神水，喝了从不会闹肚子。随行的镇人大主席说："曾有领导开玩笑，说我们的牛羊喝的都是矿泉水。"当地的百姓教育孩子，要像爱护眼睛一样爱护椒沟河。

秋风阵阵，树叶飒飒做响，落叶纷纷如蝶，飘入水中，泛起轻轻的涟漪，然后又随水流向远方。

汉江之夜

总有一种守候在身边，不离不弃；总有一种情怀如老酒，愈久情愈深。对于生于斯长于斯的我来说，每次凝望这一江滚滚东流的清水，就有一种一见钟情的美好冲动，让我深深依恋。

汉江的水清、净、柔，带着一点点清凉，一丝丝甘甜。那一江静静流淌的清水，在绿色群山中蜿蜒徘徊，深处似碧玉，浅处如银练，阳光下，粼粼波光如《诗经》里走出的女子的眼波，明亮多情、顾盼生辉，映着两岸的青山、空中的飞鸟，不知让多少南来北往的游客沉醉留恋！

夕阳西下，落日熔金，江面波光潋滟，璀璨夺目。出双入对的野鸭在水中大秀恩爱，你梳理一下我的羽毛，我为你挠一下痒痒，信守着不离不弃的诺言。一群体态优雅的白鹭时而在江面上展翅飞翔，时而在江心沙洲栖息私语，那一副“溶溶漾漾白鸥飞，绿净春深好染衣。南去北来人自老，夕阳长送钓船归”的画面不知迷住了多少摄影爱好者！此时暑气依然很浓，但人们早已迫不及待地涌向江边，洗衣的、游泳的、垂钓的，搅翻了江面，揉碎了天空。我忍不住脱了鞋子赤脚下水，清凉的江水轻轻抚摸着我，暑气顿消，心里也宁静许多。偶尔有鱼从我脚踝游过，身后留下一圈一圈小小的涟漪。

如果说白天的汉江像洗净铅华的纯情女子，可亲可爱；那么，夜晚霓虹灯下的汉江则是浓妆艳抹，带着几分妖娆，几分魅惑，让人迷恋沉醉。暮色四合，华灯初上，如烟花般绚烂，璀璨了夜空，各种色彩不停变幻跳跃，组成不同的美丽图案，流光溢彩，大放光华。横跨在宽阔的汉江之上的一桥、三桥、四桥更是交相辉映，七彩的霓虹灯明明暗暗、闪烁不定。尤其是四桥，远远望去，像遗落人间的彩虹；倒映在水里，如一串长长的流动的珍珠，星河灿烂，华丽无比。若不是两岸的河堤被黄色霓虹灯勾勒出来，怎会想到这变幻不定、光影交织的世界是流动的江水？有风拂过，江水漾漾，晃动着，闪烁着，水里的世界扑朔迷离，如梦如幻。两岸的镭射灯放射出长长的绚丽光束，旋转、交织，又迅速地分开，演绎着新世纪的盛世繁华。

上河街，沿江的木楼吊椅掩映在高大的垂柳下、幽篁中，红纱绢灯轻泻微光，朦胧富有情调。择一处一人一茶静坐，任江风轻拂秀发，听戏台上汉调二黄的千年厚重，看盈盈江水流波婉转，演绎《诗经》里的美好爱情故事；或在“初见”邂逅一段奇缘，与书中主人公来一段柏拉图式的精神之恋，对着树上如流星划过的彩灯，许下永如初见的美好心愿。

在这里，喝小酒的、品茶的、练摊的、遛狗的、跳广场舞的……有条不紊，从容不迫，看不到大都市的生活压力，也看不见贫困地区生存的艰难，一切都是一副现世安稳、岁月静好的模样。

正是汛期，上游电站开闸放水，水位上升，江边护堤的枫柳伫立水中，奶黄色的芦花漂浮在江面，有一点淡淡的忧伤和哀愁。远处，一曲《蒹葭》随晚风幽幽飘来：蒹葭苍苍，白露为霜。所谓伊人，在水一方。溯洄从之，道阻且长。溯游从之，宛在水中央。甜美的声音空灵悠扬，如天籁之音破空而来，直抵心底，轻轻拨弄着心弦。倚着流传千年的《诗经》，隔着忽深忽浅的微凉水色，追寻千年不变的一见倾心。那是怎样倾国倾城的绝色美女，让人如此思念不已，明知求而不得，仍紧追不舍不愿放弃。那岸边不断来往的婀娜女子，如水一般的清澈柔美，可是从诗经里刚刚走出？一别经年，再回首，不知你是否还在原地等候？

夜深沉，游人归，鸟已眠。只有汉江还在霓虹灯的照耀下默默流淌，不知带走了多少悲喜人生的故事、岁月交叠更替的浮沉，唯有我对汉江的爱恋无法带走。

夏木阴阴上坝河

炎热的天气似乎要把大地的万物蒸熟烤焦，空气凝固静止，树叶纹丝不动，走出室外，能看见烈焰在空中微微闪动的波光。酷热难耐，便想寻一方清凉，呼吸新鲜空气，让身心放松。于是，和友人相约，来了一场说走就走的旅行。

沿着西万公路翻山越岭来到宁陕，约了宁陕的美女同学，驾车向上坝河奔去。

山道弯弯，盘旋而上。沿路时时闪现的白墙青瓦的农家小院，稀稀疏疏地散落在山脚下、小河边、大路旁，掩映在绿树中。透过车窗，可见小院门前山花点点，菜蔬行行；屋后猪肥牛壮，鸡犬相闻，笛音渺渺。偶见鹤发童颜，相亲相携，其乐陶陶，演绎着一幅乡村温馨图。

最喜公路两边树木粗壮茂盛，长长的枝条旁逸斜出，与邻近的树木枝叶相亲，搭起绿色的百里长廊，遮住头顶炎炎烈日。车从长廊下穿过，丝毫感觉不出盛夏的炎热，倒有仲春或仲秋的自在舒适。景区之外，风景如画，景区之内，又会给人怎样的惊艳和惊喜？

因为不是周末，游人比较少，偌大的停车场只停了十来辆车，心里惋惜不已。我们买了票，进了上坝河景区森林公园。我眼前突然一亮，景区口视野开阔，地势平坦，一条宽阔的水泥大道向前铺展，两旁鲜花盛开、绿树成荫。一排二层黄色的小木屋吸引了我们，我们开心地向前奔去。

木屋背靠巍巍青山，面向波光粼粼、碧波荡漾的人工湖泊。因地势落差较大，便用青色巨石砌了两个拦河大坝，碧水从高处飞泻跌落，吐珠溅玉，形成壮观的瀑布，原本温柔静止的湖水便有了气势和灵气。湖的四周，繁花似锦，红的、白的、粉的格桑花、大丽菊争奇斗艳，竞相开放。浓郁的花香和艳丽的色彩吸引了无数的蜜蜂和蝴蝶，也吸引了游人。我们不时地按动快门，留下花与蝶的美好时光，留下人与自然的和谐相处。置身于花海间，心里落满了幸福与向往，不知住进小木屋里会是什么样的感受，会不会变成童话中的白雪公主？同学笑道："你还真神，这里叫秦岭小镇，是特色住宿。"

"芳菲歇去何须恨，夏木阴阴正可人。"放眼望去，两边群山起伏，绵延不绝，树木葱茏茂密，绿海茫茫。山风徐徐，凉意阵阵，使人神清气爽，甘之如饴。天空碧蓝如洗，高远辽阔，就连阳光也温柔了许多，穿过层层叠叠的枝叶，柔柔地落在地上，斑斑驳驳。游人行走其间，仿佛走进了鲜活生动的画卷中，让人陶醉不已。

高一丈不一样，越往里走越感受到上坝河的妙。笔直高耸的冷杉、品格高洁的翠竹、坚韧挺拔的白桦、四季常青的棕榈、虬枝蜿蜒的火棘、枝枝蔓蔓的葛藤……种类繁多，这些我见过没见过的、叫上名儿叫不上名儿的高高低低的林木，把上坝河包裹得严严实实、密不透风，就连阳光都难以挤进来。

"蝉噪林逾静，鸟鸣山更幽。"山大林密，只闻虫鸟声声，呼朋引伴，就是不见其踪影。这使得山林更加清静，静得能听到自己心跳的声音，静得能听到虫儿窸窸窣窣的情话，静得能听到树叶离开大树妈妈不舍的叹息，静得能听见我和同伴说话的回音……这静、这绿，也使得这里显得更幽。因上坝河森林公园处于古北界和东洋界交会和过渡地段，动植物十分丰富，珍禽异兽、稀有林木，比比皆是。我心里默默祈祷与那美丽的锦鸡、羚羊能够邂逅。

山因水而活，如此丰茂的植被，怎会少了水的滋养？这里溪流纵横，随山就势，少了对水的约束；碧潭星罗棋布，大小不一，像一颗颗晶莹剔透的绿宝石镶嵌在层林间。蓝天白云绿树芳草静卧水中，似涂了绿色的染料，绿得那么纯粹、那么沉静。我很好奇，这些泉眼不知疲倦，一年四季，周而复始，日日夜夜不停地往出冒啊冒啊，怎么就盛不满这小小的潭呢？流出森林的溪水，在阳光下亮得耀眼。可能是阴暗潮湿的缘故，青石上、溪流边，满是厚厚的禾草、青苔，还有红的、白的蘑菇。我不认识哪种有毒，哪种无毒，不敢轻举妄动，但我想，小白兔是认识的，那就留给小白兔好了。

这里步步是美景，处处有新意。石桥石屋石洞，残存的苗家古栈道，都深深地吸引着我们，没了尘世的喧闹和俗世的打扰，心灵彻底得到了放松。秋千上，我们开心的笑容，一如当年那个不染尘世的少女。我们赞叹不已，用手机定格下这美好的瞬间。

曲径通幽香溪洞

安康有一个入选全国内刊之星的期刊，名曰《香溪》，《安康日报》曾有一个响当当的副刊也冠名《香溪》，它们的芳名都源自安康八景之一的香溪洞。香溪洞位于安康城南约三公里处，这里层峦叠嶂、云蒸霞蔚，花木扶疏、芳草萋萋，是一个名副其实的天然大氧吧，也是国家AAAA级风景名胜地。这里不但景色优美，而且传说典故也多，是著名的道教洞天福地，同时也是集人文与自然于一体的生态休闲旅游胜地。

往年这个时节，香溪洞早已人头攒动，热闹非凡，前来旅游观光的游客络绎不绝。今春因为疫情，门可罗雀。错过了“乱花渐欲迷人眼，浅草才能没马蹄”的早春，也错过了“海棠未雨，梨花先雪，一半春休”的仲春，又怎舍得再错过暮春？于是，索性起了一个大早，约了友人去香溪洞游春。

刚步入福道，一股清风携着浓浓的香甜味道扑鼻而来，我知道，这是七里香的味道。香溪洞就是因了这一沟两岸满坡满沟的七里香而得名。暮春的阳光透过浓密的稠叶散发着丝质般的温暖，四月的风携着甜蜜的花香如婴儿皮肤般柔和，将我紧紧包裹。久别重逢，敞开胸怀与之相拥，让身心与大自然融为一体。

“蕊珠宫里三千女，滴粉为春尘不住。月华冷处欲迎人，七里香风生满路。一枝谁寄长安去。”还没走几步，就看见一条条缀满白色花儿的修长藤蔓绕着身旁树木高大的躯干爬上了树顶，然后又优雅地垂了下来，满坡满沟满树都是，如雪一般浮在绿叶上，在风中灿灿地亮丽着，直逼人的眼。花谢时节，缤纷落英漂满山下溪水，潺潺缓流，香味悠远。而福道在林中忽隐忽现，一会儿恍入云端，一会儿跌入谷底，如一条蜿蜒的长龙。

曲径通幽处，山光悦鸟性。因为太早，路上行人很少，欢快的鸟鸣婉转悠扬，不绝于耳。广播里播放着舒缓的轻音乐，如梵音荡涤清心，似乎得到神仙点化，豁然开朗，那些俗世中的纷扰纠结全都抛到了脑后，浮躁的心顿时宁静下来。福道蜿蜒曲折，沿路的亭台楼阁在绿林中若隐若现。一路走走停停，尽情赏阅大自然馈赠的美景。

走到景区门口，工作人员让我们出示了健康绿码，量了体温，才将我们放行。景区内古木参天、荫翳蔽日。树木高低错落有致，空中枝叶交错相亲，密密匝匝，宛如天然的绿色屏障。新绿的叶子像一枚枚翡翠，在阳光的照射下晶莹剔透，娇嫩欲滴。山林愈发幽静，静得能听见露珠滚动的韵律，听见风与叶的喁语，听见七里香开怀的笑声……

山不在高，有仙则名。这幽静清雅的胜地的确是个隐居修行的好地方，难怪张果老、吕洞宾、孙思邈等圣仙圣贤选择了香溪这个地方。香溪洞景点繁多，除了望江楼、凌霄亭、玉皇阁这些亭台楼阁，就是洞多。像祖师洞、药王洞、八仙洞等诸洞散隐于峭壁上、峡谷中，各洞景色独具特色，塑像栩栩如生，洞洞都有一个美丽的传说。如今洞内不见仙人踪迹，空留塑像和洞前碑文上的故事还在人们口中流传，给人无尽的想象和神往。

走过了飞檐翘角的纯阳楼，只听谷底传来清脆悦耳的潺潺溪水声，却不见水从何处来，又流向何处去。一切都被天鹅绒毯般的绿草掩盖住了。

来到了韩湘子升仙的驾云桥上。若是秋冬两季，常有云雾升起，这时站在桥上，真有种腾云驾雾升仙的感觉。奇的是，冬季落雪，四周白雪皑皑，桥上却雪落即化，积不起雪，因而也叫云桥滚雪。

桥的南面是一面荷花池，池中有一大石龟。每到夏天，荷花盛开，各色锦鲤在池中游玩戏耍，逍遥自在。桥下有一面镜儿湖，相传是王母娘娘的青鸾宝镜，被身边一丫鬟倒洗脸水时，不小心倒入这里。谷底那一条潺潺溪流，就是从镜儿湖里流出，因为湖水是王母娘娘洗过脸的水，里面有脂粉，所以，流出的水带着香味。这便是香溪洞名字的又一来历。

过了驾云桥，但见一条悬壁的天梯从空中垂挂下来，抬头仰望，如插云霄。古人说“去天五尺”，由此梯登顶便是天界玉帝的宫殿。没有过人的胆量和体力只能站在天梯脚下望梯兴叹。年轻时，我每到香溪洞，必会爬天梯。站在凌霄亭上，俯瞰山下，仿佛自己把人生中的所有艰难险阻踩在了脚下，竟有一种踏破楼兰的喜悦感。岁月更迭，年华流逝。现在，体力和恐高让我在它面前败下阵来。

绕过桂花园，来到了玉皇阁。修葺后的殿宇雕梁画栋，金碧辉煌，气势壮观。里面塑像威武庄严，不怒而威，不由得让人产生敬畏之心。站在外院门前，四周风光尽收眼底，有种一览众山小的感觉。记得三十多年前，第一次在老师的带领下逛香溪洞，玉皇阁门外有两株开得紫盈盈、粉嘟嘟的紫荆花，引来了成群的蜜蜂蝴蝶，也深深吸引了爱花的我。以致后来，这幅画面无数次入梦而来。

当我们来到园中园时，一扇花门让人眼前一亮。铁门上方的墙头上，一边是枝繁叶茂、花开荼的蔷薇，一边是花枝鼎盛、金灿灿的云实。红黄相映，配上绿叶，分外妖娆养眼。拍了一路美景的我，又怎会错过这里呢？我不断地调整姿势，转换方向，选取满意的角度拍摄，然后我和友人又站在花前互拍。发朋友圈后，引得一大群微友点赞点评。

在香溪洞的最高处，看到了震撼人心的仿司母戊大方鼎，该鼎由一万个福字组成，号称中华万福大鼎，希望能汇聚八面之福，把香溪洞打造成享誉海内外的人间福地。

伫立在万福大鼎前，默数大大小小的福字，脑海中迸出“众志成城”四个字。湖北与安康，荆楚相连，一衣带水。此次疫情，安康无恙，不知是托了“安宁康泰”这御名的福，还是得益于中华万福大鼎的福？现在，全国疫情虽然基本控制，持续向好，但决不能掉以轻心，尤其国外，病毒更是猖狂肆虐。我在万福大鼎前默默祈祷，祈祷人类早日战胜病毒，幸福安康！

这样想着，在这香溪之巅，我看到了春和景明、风华万里的朝阳，顿觉下山一路轻松。

上坝河的泉

拥有六万亩原始森林的莽莽苍苍的上坝河森林公园，因其独特的地理位置，动植物资源十分丰富，有漂亮的锦鸡、珍贵的羚羊；粗壮的红桦、四季常青的油松……这里不但动植物的数量多、品种多，而且清泉也多。

上坝河山奇水秀，就连水存在的方式也别具一格，除了一条条清清的溪流，一挂挂壮观的瀑布，更多的是一汪汪或方或圆、形态各异、大小不一的清泉。这些星罗棋布，随处可见的清泉，如一颗颗碧绿的翡翠，随意地散落在密林间，或疏或聚，且又紧密相连，串成了美丽的上坝河公园。

穿行于上坝河公园，三步一小泉，五步一大泉，大的也不过两三平方米，小的只有指头大小，确切地说是泉眼。最小的那枚泉所在位置非常抢眼，只见路中央的水泥地面上有一个小洞，洞里喷出一条拇指粗细、十来公分的白色水柱，在阳光的照耀下，清澈闪耀，然后又轻轻跌落下来，在四周洇下一大块水渍。

大泉则不同，多半在密林深处。根据泉眼的大小用石头砌成形状各异的深深浅浅池子，池子周遭芳草萋萋，鲜花朵朵，像是小姑娘头上戴的花环，吸引着无数美丽的蝴蝶和蜜蜂尽情飞舞。池底铺满了石头细沙，它们常年在泉水的冲洗下，洁净圆润、一尘不染。泉水从地下汩汩流出，有的细细无声，有的咕噜咕噜，如喉底发出的声响，有点沉闷，更多的则如银铃般叮咚作响，像是键盘高手弹奏的钢琴曲，清脆悦耳，在山间回环缭绕，和着林间此起彼伏的婉转鸟鸣声，显得更加清幽。

泉水不知疲惫，日夜不停地泄玉喷珠。大泉像是攒足了所有的力气，一跃而起，那洁白的水柱如一块上等的羊脂玉，晶莹剔透，美艳炫目；小点的泉眼冒出的泉水，像鱼儿吐出的泡泡，一大串一大串，一嘟噜一嘟噜，轻盈地扶摇而上，那么晶莹，那么快乐，却又在始料不及中陡然破裂消失，后面又源源不断地再上来，再消失；还有的是许多小泡泡调皮地挤在一起，像攒起的珠花，挤挤挨挨，特别漂亮。阳光透过层叠秾叶射入水里，闪动着粼粼的波光，珠花则折射出七彩光芒，满眼星晖，“沉淀着彩虹似的梦”。池里的水草轻轻地扭动着妖艳的身躯，悠悠地招摇着，天空的蓝天白云，四周的绿树红花，清晰地倒映在水中，宛如一幅裱过的精致水墨画。

泉和林似一对热恋的伴侣，相依相偎，相亲相爱。泉，静静躺在林的怀中；林，则轻拥呵护着泉。泉水滋养着上坝河的树木，使树木更加葱绿茂盛；树木守护着清泉，使泉水更加清洌甘甜。

记得我在农村工作时，下乡途中，也经常会看到村民挖的清泉。由于山大人稀，路途遥远，有泉的地方，就是我们歇脚休息的地方。清凉的泉水解除我们一路的疲惫和干渴。那种清凉甘洌、沁人心脾的感觉，依然记得，远比超市卖的矿泉水好喝。看着如此清澈的泉水，我忍不住俯下身子，掬一捧送往口中，如饮甘露。我对同伴叫道：“好凉好甜啊，你们要不要也来尝尝？”牛同学说：“这泉水冬暖夏凉，天气越热越清凉，冬天泉水上面笼罩一层白雾，好像是泉水烧开后冒的白烟呢。”

我倚在这泉边，久久不愿离去，看着这极无定形的柔姿，真的很神奇，这些泉水不知疲倦，一年四季，周而复始，日日夜夜不停地往出冒啊冒啊，怎么就盛不满这小小的潭呢？

我想，这谜一样的泉，唯有宋人朱熹那句“问渠那得清如许，为有源头活水来”，恐怕才是最美最真的诠释了。

一抹西湖江南梦

“水光潋滟晴方好，山色空濛雨亦奇。欲把西湖比西子，淡妆浓抹总相宜。”就这样，我认识了西湖，爱上了西湖。钟灵毓秀的西湖，是人间天堂，它的美，不只是小桥流水的江南雅韵，荡气回肠的爱情故事，还有璀璨夺目的文物古迹、流传千古的人文历史，这些，交融成闻名遐迩的风景名胜。

我是在一个“接天莲叶无穷碧，映日荷花别样红”的七月，去圆西湖梦的。只见一湖碧波荡漾的湖水在烈日的映照下，泛着清粼粼的波光，扑朔迷离。四周连绵起伏的青山如黛，将西湖轻拥入怀。沿湖绿荫环抱，画桥烟柳。一条长堤，横卧湖心，将西湖一分为二，又连接着南北二山，这就是有名的苏堤，是北宋大诗人苏轼任杭州知州时的杰作。苏堤两边，杨柳夹岸，游人如织。湖中波光潋滟、画船点点，映照着杨柳婀娜多姿的倩影。偶有清风徐徐拂来，柳枝随风轻舞，恰似江南女子低头的妩媚，是道不出的万种风情。

这里鲜花盛开、港湾纵横，林壑幽深、鸟鸣声声，配以亭台楼阁、水榭曲桥，处处洋溢着诗情画意。青绿的荷叶密密层层，向远处尽情铺展开去。那亭亭玉立、姿态万千的荷花美丽端庄，淡淡的荷香氤氲在翻滚的热浪里，不只染醉了数百年前的杨万里、苏轼这样的文人墨客，也染醉了我们这些慕名而来的游人，全然不顾暑热的天气，顶着烈日，在西湖边流连徘徊。

行走在白堤上，似与白居易结伴而行，聊当年修建白堤的艰辛，聊离开后对杭州的思念。那脍炙人口的《忆江南》，用生花的妙笔大书江南美景以及诗人对江南深深的怀念。江南自古多美景，江南自古多佳人，江南美景美女吸引着天下多情的文人骚客趋之若鹜，才子佳人，天造地设的一对，于是，上演出一桩桩悲欢离合、哀怨凄婉的爱情故事。这一湖深不可测的湖水，不知长眠着多少千古不灭的历史故事；这一汪清清的湖水，又不知流着传说与现实中多少痴情女子幽怨的泪水？西湖的一砖一瓦，一草一木，都有说不完的故事，听不完的爱情传奇。

百年修得同船渡，千年修得同床枕。千年等待，世事轮回，白娘子终等得断桥上与许仙的重逢。哪管人妖有别，哪管世俗天规？借伞定情，相亲相爱，本是人人艳羡的神仙眷侣，却被多事的法海捕捉囚禁。雷峰塔内，从此孤寂一人在漫漫长夜里苦度光阴，不知日出日落，不知花开花谢。没了法力，成为一条无助小蛇的她，可否知道塔外有一个深爱着的他，在日复一日的无尽思念中日渐老去？此刻，我愿相信轮回，相信在雷峰塔倒掉后，他们终成为人间普通的一对情侣，远离是非，远离繁华，在一个无人打扰的某一角落恩爱白头。

“千载芳名留古迹，六朝韵事著西泠。”只是自古红颜多薄命，多少儿女情长，怎抵过世俗的算计。走在西泠桥上，远处一片覆着一片的密密树叶，是浓得化不开的绿，多像郁结在苏小小心头浓得化不开的愁绪。我无心欣赏两岸美景，只一心想着钱塘第一美人苏小小是怎样的奇女子，集世间万般优点于一身，能与西湖山水争奇斗艳。阮郁又是怎样风流倜傥、多情俊逸，让苏小小这样心高气傲的奇女子义无反顾地爱上他？自古红颜多薄命，造化弄人，痴情的小小怎知侯门高墙难越，人间最靠不住的就是誓言。这个集万般优点于一身的美女、才女不但最终没有得到万般宠爱于一身，就连短暂的相亲相爱也只是一场梦。“妾乘油壁车，郎跨青骢马；何处结同心？西陵松柏下。”西泠桥上，曾留下了他们多少爱的誓言，见证了多少爱的足迹。一别如斯，转眼誓言飘散，回廊轻叩空悲切，凭栏扼腕。

驾一叶轻舟，摇两只船桨，临风而立，赏一湖秀美水色，看长桥彩蝶翩跹，浅唱一曲江南的《采莲曲》，轻吟一首《蝶恋花》，天地之间任尔逍遥。

梦遗水乡

四月未央，江南已是春意阑珊，林花谢红，一场轰轰烈烈的盛大花事在不经意间匆匆落幕。我不顾连日的疲劳奔波，抓着春的尾巴，带着不变的初心，敲开光阴的门，与你相遇。

记不清第一次是在哪部影视作品里初见平江河的景致，但只知从此你便成了我魂牵梦萦的牵挂。犹如我们曾遇到过的某些人，只需一眼，便会深深地融入生命中，挥之不去。恍如梦境，多少个雨敲幽窗的黄昏，月洒满室的午夜，反复温习过的“水陆并行、河街相邻”的平江路，就这样突兀地横陈在我的眼前。

都说虎丘塔是苏州城的标志，窃以为平江路才是苏州城的代表。眼前的平江路远比影视中所见的还要鲜活灵动。一条幽静的小河从古朴雅致的古宅街巷中穿过。房屋依河而建，有的甚至从河底拔地而起。这些枕着河流的古老建筑，如江南水乡的女子，在水的润泽下更加婉约灵巧。粉墙黛瓦，木雕花窗，那被风雨剥蚀的墙壁，斑斑驳驳，如丹青的巨幅写意。墙壁上四处攀爬的藤萝蔓草，将古老的花格木窗遮掩深藏。那或开或掩的花窗，不知掩藏了经年往事里多少平仄难服的故事啊！透过那一蓬蓬藤蔓，我努力寻找，不知那风情万种的赛金花可否会在我不经意间，从某扇窗后探出头来。有风轻拂，藤蔓随风摇曳，神采飞扬。

平江河两岸，茂林修竹，断桥烟柳，一丛幽篁，几株素花，点缀在粉墙黛瓦之间。偶有一两棵垂柳斜斜地倚在河面上，慵懒闲适，轻拂凌波。有戴着斗笠，着青花瓷布衣的渔家女，摇着一叶乌篷船，沿平江河逶迤而去。

若三五知己，抑可独自一人，坐在那或临窗面水、或掩隐在花藤架下的精致茶楼里，品一盏明前香茗，任思绪翻飞，或者什么都不用想，该是一种怎样的人生享受和惬意啊！最为引人注目的是，那两株红白蔷薇，顺着长长的青藤爬满了院落。蔷薇开的正为茂盛，白的似雪，红的如霞，相互映衬，在明亮的阳光下千娇百媚。不知栽植这两株蔷薇的人儿是怎样的善解风情？那繁茂的花朵下是否有她细细密密的心事？恍然间，那些白的红的蔷薇，赫然幻化成一朵硕大的白玫瑰和一粒醒目的红砂痣，悬在那里。

这幽静的河道与这白墙青瓦的房屋、小桥、花木形成一幅长长的画卷，与一巷之隔的车水马龙的繁华观前街俨然是两个世界。

在这里，没了车辆的喧嚣声，更多的是如我一样，拿着相机不断拍摄的外来寻梦者。徜徉其间，嗅着浓浓的书香，以期能寻着经年往昔满腹锦绣的贺铸、范仲淹遗落的踪迹，沾染他们身上一点淡淡的墨香。

“君到姑苏见，人家尽枕河。古宫闲地少，水巷小桥多。夜市卖菱藕，春船载绮罗。”虽是旧街、旧景、旧物，但当年的繁华未曾减少半分。街边商铺林立，那些游客就着吴侬软语，津津有味地品尝着极具江南特色的桂花糕、海棠糕、酒酿丸子、竹筒糍粑……这些美食，让人看着都心生欢喜，甜到心里，沉醉其中。

而我更钟情于旗袍，那精巧雅致的盘扣，绾起了多少女人风情万种的妖娆。我在一间又一间店铺之间流连穿梭，细细地欣赏这些华服，不时地用手轻抚摩挲，感受江南丝绸的华贵质感。

此时，春尚未走远，夏正在来的路上，一切都是那么美好。特别是在这充满诗情画意、容易惹人滋生情愫的江南，更是适合身着旗袍、恋爱着的女子和怀旧的人。我独自坐在河岸的石凳上，听着咿咿呀呀的昆曲，似一张发黄的旧唱片，低低地诉说着流年的繁华与忧伤。而眼里看那些相爱着的男女十指紧扣，在眼前晃啊，晃啊……突然，我想到了《花样年华》里的张曼玉，不知为何，我总固执地认为，这段故事更应发生在苏州河畔。于是，穿过岁月深处，依稀看见张曼玉着一袭华美的旗袍，绛点朱唇，眼波流转，顾盼生辉，正从纸醉金迷的旧香港，一步三叹，娉娉婷婷，款款而来。华服丽人，相得益彰，彼此辉映。就在我惊艳之余，佳人则折身翩然消失在小巷的尽头。

不知何时，太阳隐在云后，天空飘起了细雨。这真是善解风情的雨啊！它知道，没有见着烟雨朦胧的江南，我是会心生遗憾的。瞧，雨丝像是害怕惊扰了这古镇的清梦，轻轻地、柔柔地……渐渐地，雨越下越大，打在青石路上，落在瓦楞上，滴在河面上……一切氤氲在黛青色的烟雨中，似一幅水墨丹青画。回眸间，似有丁香般结着淡淡哀愁的姑娘撑着油纸伞从古老的青石小巷中走过。

我嘴角轻扬，眉眼含笑。不羡富贵花间露，不慕微雨燕双飞。只喜此时，我能与你重逢，让我的心灵能抵达你的世界，独享这静默美好时光。

第三辑　琴瑟袅袅

盼春归

光阴落址早春，拂过了冬的寒冷。阳光明媚，和风煦暖，花蕾抱枝，正是踏春的好时机。只是一场来势凶猛的新型冠状病毒肺炎，给这个春天笼罩了一层浓浓的阴影，也阻止了人们外出的脚步。我们画地为牢，囚在斗室，禁住身体却无法禁止思绪，关切的目光透过小小屏幕，捕捉点点滴滴的讯息，心随着变化的数字起起伏伏。走过了前几天的焦虑、恐惧，开始慢慢接受现实，安心宅在家里。

晴好的日子，窗外的阳光透过客厅阳台宽大的落地玻璃，洒落满屋，光束里有飞舞游离的细小尘埃，清晰可见。隔街对岸的远山、楼房、树木、花草在阳光下孤独地静立，像是在默默地沉思、反省，不露声色。空旷的街道下却是暗流涌动，掩藏不住的焦灼恐慌从朋友圈里涌出。一只花喜鹊唱着欢快的歌声从窗外划过，心和目光一起追随那个稍纵即逝的身影伸向旷远的天际，自由飞翔自由歌唱的日子是多么美好，多么令人怀念和向往啊！

人生浮沉，世事难测，风平浪静下藏着激流险滩。在庚子鼠年这场疫情的浩劫里，我们谁又能将自己置身事外呢？那些全民大隔离的日子，那些突然消失的无辜生命，那些还在与病魔生死抗争的感染者，那些支离破碎的家庭，那些面对生死别离时的绝望无奈……让我们心里无比郁闷、唏嘘。更有那临危受命的耄耋老人，口罩后面伤痕累累的面容，一串串按着鲜红指印的驰援武汉的名单……让我们感受到这个寒冷的冬天依然有温暖暖于心，依然有感动萦于怀。

从未感觉日子如此漫长难熬，站在冗长的冬的隧道里，乘着光阴的翅膀，伸开双臂，努力抓住春的羽翼，感受春的气息。感谢那些不顾个人生死的白衣天使和那些奋战在各个岗位的抗疫人员，用血肉之躯给后方的我们撑起一片晴空，让我们还可以宅在家里貌似悠闲地看书品茶。总想试图去理解，可身居相对安全的我们，怎能感同身受那些深陷困境中撕心裂肺的痛和极限的付出？

此刻，我在午后的阳光下落座，任阳光将我紧紧拥抱，轻抚我的发尖，亲吻我的脸庞，温暖无比。煮一壶陈年早春的淡茶，让心绪随绿叶在水中轻盈舒展、翻滚浮沉，清爽的汤汁滑过舌尖直抵心底，浅斟细酌，品人生的世事无常。一直喜欢读书，喜欢我的喜怒哀乐在字里行间流露，把自己交付在轻盈或沉重的文字里，物我两忘，在他人的世界里品味自己的人生，安享文字的芬芳。

然而，再好的书又怎抵得过生活这本书的精彩、耐人寻味呢？曾经是那么地渴望生活的波澜壮阔，总是抱怨生活的平淡无奇，现在才体会到只要能自由呼吸，自由行走，过上平淡的生活就是莫大的幸福。即使这样平淡庸常的生活也是无数人替我们负重前行换来的。

流云从天边飘来，风从发尖拂过。公园里，玉兰、海棠次第绽放；河边垂柳如烟，却不见放着纸鸢的孩童。江边的渡口，没有离别的忧伤，只有静寂的守望。有生之年，不求所有的日子都闪着耀眼的光，只愿每一天都能安暖静好。走过这个冬天，挥别那些痛苦的过往，一缕春色如烟翩然而来。

楼顶上的春

小区临街的对面是一个多层老小区，这使我的视野非常开阔，我常常通过 21 楼阳台的窗户看远处青山的四季变化，夜晚霓虹闪烁的街景，很少留意对面这些似乎与繁华闹市格格不入的陈旧楼房，但因为今年这场疫情居家隔离的日子，让我注意到了它。特别是我家正对面临街的那幢房子的楼顶最干净最富生活气，在最难熬的那段时日里，让我度过了很多宁静的时光。

一声封城令下，一向喧闹的城市没了车流人影，似乎空气里都流动着病毒，让人沉闷压抑，产生恐惧。偏偏今春天气很好，常常晴日朗照，却只能辜负春光蛰居室内。心神不宁中，我会推开窗户，趴在窗口望着外面发呆，向往着往日的自由。有一天，无意低头发现对面楼顶有人晒太阳，脚边卧着一条大花狗，好悠闲好舒适啊！这是几天来，第一次看到除家人外的同类，心里几分激动，几分羡慕。从此，我对这楼顶关注起来。

晴好的中午，就会有三五人在上面晒太阳，一对六十多岁的爷爷奶奶是固定的，剩下的几个随意性较大，他们有时或坐或转，慵懒地晒着太阳，有时会打羽毛球锻炼身体。楼顶的西边，有两位老人吹小号，不太流畅，有时对一个音符反复吹，应该是新手正在学。因为无聊，我一边听一边看他们的活动，感受着生的活力。

从楼顶的布置可以看出，这幢楼有5个单元，最东边单元楼顶的四周用红砖头砌了几个大小不一的花坛，其实叫菜园更确切。花坛里并没种花，除了两棵小树，有的空着，有的种着菜蔬。仔细辨认，是几行韭菜、芹菜、香菜和葱，葱的头上顶着乳白色的花苞，开始结籽。花坛旁边，摆着一些花盆，花盆里的绿植是光秃秃的虬枝，看不清本来面目，只有这个几行菜蔬绿意盈盈，在空旷灰蒙的天宇间显示着生机，给人以生的希望。

时光慢慢挪移，终于过了立春，过了雨水，阳光一天比一天灿烂，春天不知不觉向我们走来。花盆里的绿植慢慢有了绿意，花坛里的空地也发生了变化。前面提到的那位老爷爷拿着小锄头把板结的土块深翻细耙，翻过的泥土乌黑油亮，充满活力，隔着一条街道和上下的落差，似乎都能闻到泥土的清香。我很羡慕他们还有这样一个自由的场地，似乎疫情对他们没有任何影响，该享受阳光就享受阳光，该播种时就播种。

过了几天，老爷爷又来侍弄他们的菜园，把翻过的土地又翻了一遍，然后用锄头挖出一行一行深沟，老奶奶播下了籽种。播完之后，老爷爷用土覆盖，刨平，又施了肥，浇了水，把细棍的两端插在菜园的两边成拱形，最后用薄膜覆盖，四周用土块压实，他们一连干了几个小时才结束。看着白色的薄膜，我似乎看见种子在泥土里努力挣脱束缚，挣脱黑暗，奔向光明的勇气和毅力。假以时日，定会看见它们破土而出的稚嫩鲜活的绿芽，那是不甘屈服困难的有力证明。就像此刻的我们，正在与病毒做不屈的斗争，我们终将会迎来胜利的曙光。

隔离的日子，对面的楼顶成了我观看外面世界的主要窗口。忽一日，春风浩荡，满眼春光扑面而来，那两棵小树开花了。一树白一树红，白色是梨花？李花？白色碧桃？我不确定。红色是木棉？海棠？红色碧桃？我也不得而知，但这又有什么关系呢，只要开花就好。蓝天、白云、暖阳、红花、绿叶，交织成一幅春意盎然的美好画卷，铺在我心里，驱散了多日来的郁闷。

一叶知秋，一花知春。视线之外，一定是春意盎然，繁花似锦，蜂蝶成对，嘤嘤成韵。公园里，海棠红、玉兰俏；田野里，麦苗绿、菜花黄；果园里，梨花白、杏花娇。大地在春风春雨中苏醒，所有的生命冲破冬的禁锢，翻滚着蓬勃旺盛的气息。

“秋至满园多春色，春来无处不飞花。”谁能阻挡春的到来？即使对面楼顶的方寸之间，依然让我看到美好的田园风光，看到春的旖旎。

梨花淡白柳深青

时光在庚子年的早春打了一个结，恍然回神，已是仲春。

阳光散发着丝质般的温暖，风如婴儿皮肤般柔和，将我紧紧包裹，久别重逢，我激动地与之相拥，心顷刻间融化。放开禁锢的身体和灵魂，独自行走在这熟悉的汉江边，徜徉在自由的天地间，是无比的惬意和美妙。白云忽浓忽淡，躺在蓝天的怀抱；鱼儿忽聚忽散，畅游在汉江的怀抱；我的脚步忽疾忽徐，踏在坚实的大地之上。久未相见，天地早已改变了模样。春风和煦，渐次葱茏。春意如诗，诗意如画。草木春深，花已成海。

江水暮涨朝落。涨时，碧波荡漾，江水茫茫，水天一色；落时，江水清澈见底，沙洲显露，鱼翔浅底。云溪初上，朝霞给天空匀上腮红，多了几分俏丽。阳光流泻江面，浪花一波推拥一波，层层叠叠，追逐闪烁的光点。但依然给我清冷的感觉，那是为这个春天人们所经受的磨难洒下的一滴清泪吗？江边的芦苇还是乱丛丛的一蓬枯草，像一堆慌乱无序的心事，矗立在花红柳绿之间，格外醒目。

江心几棵沙柳经过几个日光的爱抚，便披上了绿的霓裳。冰冷的苔藓趁机占据了一切可占据的地方，就连石缝里都是春意盈盈。不管潮涨潮落，都能看到成群野鸭戏水，鸥鹭翔集，游泳健将搏击长风，浣衣女子低头忙碌的热闹景象。

江边公园诗意浓浓，画风悠悠。迎着十里春风，放眼望去，满眼浩荡春风望不到尽头。“可羡瑶池碧桃树，碧桃红颊一千年。”“天上碧桃和露种，日边红杏倚云栽。”那一树树诱人的红妩媚妖娆，那一树树素洁的白清新淡雅。那怒放的碧桃，就像青春靓丽的美少女，浑身散发着无法掩饰的光芒，走到哪里，都是万众瞩目的焦点。只有紫叶李的花朵不张不扬，羞羞答答，小小巧巧如星子散落在秾叶间。

江岸那一排垂柳，已是长发及腰，色如碧玉，不知是谁的新娘？那长长的柳絮，随风轻轻摇动，如伊人发上的步摇、耳垂上的吊坠，脚下移动，步步生辉。闭着眼，脑海里幻化出美人轻挪金莲，婀娜娉婷、环佩脆鸣的妩媚模样。只是我对错过了鹅黄轻匀、杨柳堆烟的早春美景，依然有深深的遗憾。

春色撩人，四桥周边的田里，金黄的油菜花铺天盖地肆意抢夺游人的眼球，更引得蜜蜂蝴蝶流连忘返，稠密的花香溢出蜜的甜味。桥下，有附近菜农销售刚从地里采摘的新鲜带露的蔬菜，青绿的黄瓜，绿盈盈的小蒜，嫩生生的香椿，修长的蒜薹……晨练的人，顺带捎回两把。

春风抚弄着我的长发，花的香味裹着阳光的味道一起涌入鼻翼，那是春的味道。疫情虽已得到控制，但还需警惕，不敢有半点马虎，人们大都窝在屋里，和往年的“若待上林花似锦，出门俱是看花人”相比，今年明显冷清了很多。林荫树下，交错纵横的甬道上，铺满了玉兰、含笑的花瓣，一抔黄土掩埋了往日多少的风采，不知无人欣赏独自绽放是否有过失落？又有花瓣飘落，我伸手握住，想握住这一季春色，弥补我曾缺失的早春。

花花草草由人恋，生生死死随人愿。停摆的日子，是那样漫长难熬，有度日如年之感。蓦然回首，已是梨花淡白柳深青，一年的四分之一就在虚度中已过，很快，将是一川烟草，满城风絮。我对所有的花都钟爱痴迷，尤对娇艳的桃花，更多了一分偏爱。今年未能去桃园赏桃花，但看到碧桃也一样开心。人生，哪能事事如意？居家隔离的日子，就像白色的碧桃，删繁就简，把庸常的日子过成一杯白开水。开心自由的日子，可以让自己奢侈一把，去想去的地方，做想做的事情，把烟火十足的日子过成诗意。

舌尖美味

作为家庭主妇，春节期间，迎来送往，招待亲朋好友，的确劳神劳力。最担心的是，过年期间，客人较多，往往少则一桌，多则两三桌，能不能给客人做出一桌色香味俱佳的美食，对主厨来说是一个考验。

记得刚结婚那几年，我对过年有强烈的恐惧症，特别害怕家里来客人。厨房捯饬半天，也端不出来几个菜。因为平时很少做，速度慢，择洗要提前准备，切菜半天一下，明明想切丝，结果成了条；切的片，成了块。炒个菜总怕没熟，不烧焦不放心，自己都不好意思往出端。所以，我特别羡慕佩服那些厨艺高超的人，再普通的食材，一经他们的手，便变成了美味佳肴。不说其他，单听切菜时叮叮哐哐的声响，就让人心生敬意。这几年，我的厨艺也只是略好一点，速度快了不少，技术上还是很欠缺的。前几天，家里来客人，我准备做一道红烧鱼。锅都烧热了，却突然忘了怎么做，急得赶紧喊女儿给我找菜谱，逗得一屋客人哈哈大笑。

前天早上，偷得半日闲暇，我去图书馆看书。翻了几本，没有找到合适的。还是庭德了解我，一会儿，给我拿了一本汪曾祺的《人间至味》，开始还以为是一碗心灵鸡汤，翻开一看，却是真正的美味佳肴。汪曾祺把天南地北各地人的饮食习惯都做了介绍。他在五味里写道，山西人喜欢醋，到饭馆里刚一坐定，还未点菜，每人先喝三调羹醋。过春节，商店首先贴出一条子："供应老陈醋，每户一斤。"就连给姑娘提亲，先问人家有几口酸菜缸，真是有趣。又说无锡肉馅包子里放糖，没法吃。浙东人吃得很咸，直接掰开包子倒酱油，四川人还不是最能吃辣的……祖国各地饮食习惯都点评到。

接着是各地家乡菜的做法。不是酒店里那些眼花缭乱高大上的菜品，而是极其普通的食材，什么萝卜白菜、红薯地瓜、土豆……不一而足，有些还详细写了制作过程，对于我来说，的确受益颇多。

做菜真的很神奇，具有艺术性。同样的食材，同样的制作流程，不但不同的人做出来的味道千差万别，就是同一人不同的时间、不同的心情做出来也会有所不同的。但也不得不承认，有些食材，就是具有一定的地域性。曾在火车上遇到一个在重庆打工的河北人，她说，每年回家，大包小包装的大都是重庆的花椒、辣椒、豆瓣酱等调料，在老家买的不正宗。这倒不假，通常情况，一个地方的菜系，到了另一个地方，都会被改良，融入本地的元素，以被当地更多的人所接受。就像安康的饮食，由于地域的特殊性，饮食习惯也具有包容性，大米面食都接受，口味更接近四川，但我们的火锅和四川还是有一定的区别。同是羊肉泡馍，安康和西安的吃法就不同。

安康人有句俗语："三天不吃酸，走路打蹿蹿。"可见安康人对酸的嗜好。可能是安康得天独厚的水质缘故，安康人自酿的浆水菜和酸坛子，可算作一绝，别的地方做不出。多年前在《安康日报》上看过一篇文章，作者的三姑嫁到河南，想吃家乡的酸坛子，就泡了一坛子，但怎么都不酸，做了几次都没成功。后来回家，就啥也不带，只抱一个酸坛子回去，但都是没过多久就坏了。她说，可能是水质的缘故，最后就干脆放弃了。

其实，做菜和做其他事一样，不一定按部就班，可以不断加以改良，推陈出新，做出更适合自己口味的美食。我对自己改良的土豆烧鸡就很满意。虽然常规的做法口感也不错，但喜欢酸辣的我还是觉得少点什么。首先在色泽上，酱油勾色时，少了，鸡肉白花花的，看起来没胃口；多了，土豆颜色太深，不漂亮。如果加点火锅底料，颜色问题就得到了解决，最后在出锅时，加一点坛子泡菜，味道就不一样了。这道菜也得到了很多品尝者的称赞，成了招待客人的必上菜。有时也会根据自己口味做一些菜，比如豆腐乳，皮豇豆……既卫生，又可口。当然，更希望安康的一些美食能走出安康，让更多的人喜欢。

陌上青青春意浓

最美人间四月天，四月最美在乡间。走过早春的乍暖还寒，仲春的暖阳已将大地滋润的春意盎然、生机勃勃。

“红树青山日欲斜，长郊草色绿无涯。”四月阳光正好，天气又清又明。当北方还是草色遥看近却无时，陕南川道已是青草漫漫，绿遍山原，空气里溢满了泥土和青草的芳香。没了口罩的束缚，卸下了身心的疲惫和沉重，轻松自在，独自行走在阡陌纵横的小径上，无拘无束地呼吸着新鲜的空气，脚步如风一样轻快。

昨夜的一场微凉春雨，凋零了油菜地里最后一瓣金黄，阳光下，满地残花依然耀眼。笔直青绿的茎秆上，是春风巧手精心编织的一串串密密麻麻的油菜荚，娇嫩的随时都能流出水来。麦田里的麦子已经抽穗扬花，尽管那花是那样的不起眼，如果不凑近细看，即使满地的麦花，你也难以发现；它们又是那样纤细、弱不禁风，一场微风，就能让它们脱离母体，纷纷扬扬，飘到很远。大豆正在开花，蓝白相配，小小巧巧，像展翅欲飞的蝴蝶。豌豆荚正好，一串串挂在低矮的秧蔓上，勾着你的眼，绊着你的脚，惹得人垂涎三尺。偷摘一个，不用清洗，抽去筋，丢到嘴里一嚼，满口生津，脆生生的声音格外响亮。

记得有年春雨过后，和村里伙伴去南山坡捡地耳。地耳没捡着，返回时，看见一块豌豆地里的豌豆荚结得繁密诱人，一群贪吃的孩子兴奋得忘乎所以，跑到地里摘豌豆荚。刚下地，还没摘两个，就听远处传来一声大喝："谁在摘豌豆荚？"抬头循声一看，一中年男子正向我们飞快跑来，吓得我们拔腿四散而逃。我人小，更是吓得魂飞魄散，生怕被那人抓去暴打一顿。我一路飞奔，遇到高坎，也毫不犹豫地纵身跳下，鞋和篮子里的一点地耳跑掉了也没敢去捡。直到后面没人追赶了才停下来，原路返回去找鞋子。

喜欢田间阡陌纵横的小路，喜欢爬满小路上的各种小草及盛开的小花，茅草、车前草、棒棒草、蒲公英……它们是那样顽强，只要有一点点阳光和水分，就能破土而出，蓬勃生长，即使卑微，不被人关注，春暖的时候依然如牡丹一样盛开。要是早春，把它们采摘下来，就是饭桌上深受欢迎的美味。

如果细心点，就会发现草丛里格外热闹，永远都是忙着搬运食物的蚂蚁，来来回回不知忙着什么的甲壳虫，背着房屋去远行的不急不慌的蜗牛……

清明前后，种瓜点豆。田野里，有了农人忙碌的身影。犁田耙地，深耕细翻，点一块玉米，栽几行辣苗、茄苗。有老农挽起裤管，赤脚下田，拿着腻子又是搪又是抹，把田抹得平平整整，明镜似的。然后洒下泡好的谷种，用薄膜覆盖。北回的燕子从水田上空掠过，留下矫健的身影。

路过村旁那条无名河流，见三三两两的村妇洗衣。河水依然清澈，但水流明显小了很多，成了一条小溪。这条给我童年带来无尽欢乐的小河，曾无数次闯入我的梦中，梦里都是快乐的趣事。我也曾多次从这条河边路过，每次来去匆匆。今天，特意绕道去看上河的那条大坝，大坝已经干涸断流，斑驳的青苔爬满了破烂不堪的坝体，曾经的河床变成了小树林，树林下绿草丛生，不知是否像我一样，可有对往昔的怀念？

“杨花榆荚无才思，惟解漫天作雪飞。”春到人间柳早知，只是它孕育得早成熟得也早。一河两岸杨柳青青，柳丝如媚，榆钱已老，即使无风，柳絮也会如冬日的雪花一般纷纷扬扬，漫天飞舞，心被柳絮搅翻，升腾一缕浓浓的乡愁。漂亮的花喜鹊在高大的柳树上尽情展示歌喉，表达对春天的赞美。

春深处，那些姹紫嫣红的繁花零落成泥，此时，陌上青青春意浓。

秋雨声声

陕南的夏，似乎愈来愈发悠长。已过白露，天气依然明朗执着，带着浓郁的夏的味道，窗外的叶子依旧葱茏明绿，夏日的裙裾还在丽日下旋转飞扬，只是枝头的花儿明显清瘦了许多。微风过处，摇曳生姿。若三五盈盈之夜，银辉灼灼，月明半墙，树影婆娑，斑驳迷离，让人迷恋沉醉。

一场期待已久的雨，猝不及防地落在了午夜，淅淅沥沥，浸润了整个城市，冷却了夏的热情。一缕清凉穿窗而入，滑过指尖，直抵心底，渴盼已久的凉意氤氲开来，抚慰着狂躁的心，顿时平静踏实。

秋雨没有春的温柔，没有夏的暴烈，滴滴答答，声声复声声，带着一丝丝幽怨、一丝丝缠绵，在每一片覆满尘埃的瓦砾上、每一朵瘦薄的花瓣上、每一片泛黄的枝叶上、每一寸干涸的土地上轻轻敲过，如旧年唱过的一支老歌，又在耳边回旋响起，萦绕于怀。本因咳嗽难以入眠的我，更是无法入睡，索性披衣起床，倚着冰凉的轩窗，就着夜晚城市明亮的灯火，看细雨织成宽大的雨幕，让夜横生一分浪漫和温情。目光回落处，有冰冷的秋雨在玻璃窗上恣意流淌，如伊人的眼泪。

“一声梧叶一声秋，一点芭蕉一点愁，三更归梦三更后。”窗外的芭蕉该和我一样，注定今夜无眠。倾听窗外的雨声，一滴一滴落在檐下芭蕉上，如一声声重重的叹息。那紧紧卷起、极力遮掩的心事，还是被雨一点点剥开，空落落的心，在风中四处飘荡，无处安放，在雨中泪流成河。谁是芭蕉的解语者，谁又明了芭蕉满腹的心事？四周除了雨声，死一般沉寂。

秋雨落在心上，心湖轻泛涟漪，微微荡漾。凉风携着那些美好的、忧伤的陈年旧事梦一般飘过。缘分的天空，有晴有雨，即使晴朗的夜空，月也有圆有缺。一直相信，每一份遇见，都是光阴温柔的馈赠，遗落天涯的日子，因为朝夕陪伴，使暗淡的光阴有了温暖。只是山水轮回，日月走逝，生活终究不是童话。那就相信，聚有聚的理由，散有散的缘故。漫漫旅途，注定一边重逢，一边别离。有风拂过发际，是谁在耳边浅吟低语，说着高山流水遇知音的千古传奇。只是那些春风拂过的诗句啊，早已如这飘落的黄叶，不知散落到何处。

风将往事一页页翻起，细读中，才恍然发现，相隔经年，曾经一起哭过笑过的日子，曾经那些熟悉的面孔不知何时已变模糊，那些回忆，是否还是醉心的守望？落幕成殇的痛不知不觉中淡了，忘了，故事的主角成了看客。

独自一人走过千山万水，才发现，最好的心境便是随遇而安，顺其自然。不刻意成全，也不刻意疏远。就像现在，不再期盼重逢，也不刻意相忘于江湖。感谢时光让我们相遇，也感谢时光教会我们成熟，让我们学会接受，懂得放手。

夜越来越深，凉意越来越重。吃紧的雨声掩盖着曾经的来路，往昔随风渐行渐远……我知道，我们终将会走失在茫茫人海中。

心上开花自芬芳

自打立春，天气总是晴雨交替，走走停停，一步三回头，春一下子被拉得悠长悠长。节令早已进入夏季，天气却是春日般的明媚温暖。为了不辜负这美好时光，周末依然起了个大早，独自一人去江边漫步。

早晨的阳光温柔地抚摸着大地，江风携着淡淡的花香悠悠从耳畔拂过，无比惬意。江边练太极拳的、打溜溜球的、跳广场舞的、徒步锻炼的……脸上无不洋溢着安详幸福的笑容。因为上游大坝关闸蓄水，下游水位下落，江心沙洲裸露，但水质更加清亮，捣衣女子坐在石头上，双脚穿着胶鞋伸进水里，在搓衣石上用力搓洗，享受着大自然赐予的这份美好。有漂亮水鸟在空中划过优美的弧线，然后随着一声清脆的鸣叫，嗖地一声忽而远去。丽日柔风小鸟，令人陶醉沉迷，仿佛时光还未走远，一切都是春天时的美好模样。

只是低眉回首间，堤上曾经枝繁叶茂、美得无法用文字形容的蔷薇早已凋谢，取而代之的石榴花已是如火如荼。微微张开的花萼，像少女撒娇时嘟起的红润小嘴，忍不住心生爱怜，想去宠爱。那重重叠叠、鲜艳欲滴的花瓣像江边正在翩翩起舞的舞者飞扬的裙裾。一朵一朵，热热闹闹地盛开着。昨日如烟的翠柳已染墨色，玉兰和迎春早已不着痕迹，似乎从未来过。几场清雨阻拦了夏日光临的脚步，却挽留不住光阴的流逝，一切都在不动声色中变了样。如同渐行渐远的故人，我们早已忘了彼此的名字、彼此的模样，仿佛从未走进彼此的生命里，一切悄无声息，去留无痕。

花瓣微开，酒喝微醺，万事万物需有留白才是最好。从未想过炎热的盛夏会寒冷，这么茂盛的花朵会凋谢，更未想过那些好缘分会走失。美好的事物总是事与愿违，难以长久。水满则溢，月满则亏。花开荼，注定飘离；感情浓烈，离别不远。一片花瓣轻轻飘落在眼前，心里突然掠过一丝悲凉。该走的终究要走，该来的一定会来，任谁也改变不了。

漫长的人生岁月，注定一半风雨，一半明媚；一半幸福，一半苦涩。没有从一而终的陪伴，没有一成不变的轨迹。来来去去，分分合合，是人生无法避免的轨迹。很多时候，人与人之间，一个不经意的转身，却是天涯海角。

清晨的阳光明媚而不热烈，轻柔地洒向江河，那闪着粼粼波光的满河星辉，隔着重重叠叠的花影，照亮着灵魂深处的每一个角落。无须企盼一场风来驱散，此时，我的心情如阳光一样明媚通透，一朵夏花在心上徐徐盛开，不为谁妍不为谁落，只为前行的路上独自芬芳。

人生是一场修行，不管我们愿不愿意，岁月终会走远，我们必将老去。红尘纷扰，世事多变，过好当下每一天，不为情困，不为名累，以平常心看待得失，做自己灵魂的摆渡人。

流年如烟

季节辗转，去留无声。繁华落幕后，空旷寂寥的冬天是岁月对这个季节的写意。昨夜一场淅沥小雨，给冬又增添了几分寒意。灰色天幕下，攀爬的枯藤让城堤有了岁月的沧桑感。几朵消瘦的蔷薇在严冬中枯萎，把春天的往事埋藏在冬天的记忆里。

迫近的年关，催回了漂泊异乡游子的脚步，萧萧清寒阻挡不了滚滚而来的年味。一扇门窗，关闭了外面的热闹与喧嚣，把孤单的身影和灵魂安放在狭小的空间内，在属于自己的世界里纵横沉溺。一盆红彤彤的炉火，温暖冬的清寒，误以为春过江南到了岸；一杯薄雾袅袅的热茶，穿过冰凉的指尖沁入心底，假装自己一路有幸福相伴。

人这一生，经历很多，红尘纷扰，我们谁又能将自己置之度外？一直在想，生命要走多远，才能与自己温柔相待？年少时做出的那些轻狂和草率，要付出多少才能偿还，不再独自一人背负生活的悲与苦？往事如风，风过留痕。很多时候，经过、痛过、哭过，才知人生之路环环相扣，一步错，后面步步都是错。如若任性，指尖落笔处，一定是我不愿提及的往事，那些冰冷尖刻的话语是刺向心间的利剑，如蚁啃噬的静夜是青春不谙世事的投影，那一条浅浅的痕迹是我无法忘掉的过去。

不念过往千千结，不惧将来岁月寒。总是把自己伪装得很坚强，总是用明丽的外表掩饰岁月的沧桑，但花开鼎盛的时候，我们怎会忘了花落后的荒凉？阳光明媚的时候，怎会忘了风雨来袭时的仓皇？那些动荡、不安和潮湿，都还那样安静的蛰伏，渐生绿苔，在某个午夜里偶然想起，也会泪流满面。行走在红尘中，一边将过去的慌乱掩藏深埋，一边继续接受生活馈赠的不堪。岁月静好，现世安稳永远只是一个表象。一杯杯带着余温的心灵鸡汤，无法驱散明媚笑脸下掩藏不住的眼角忧伤，更无法治愈千疮百孔的心殇。

人来人往的人海中，谁不是独自奔跑者？过去岁月中经历的种种，都变成深藏于心讳莫如深的痛。红尘道场，我们都是孤独的修行人。不是喜欢孤独，不是不想陪伴，而是无法感同身受，无处诉说？我们是那样的自相矛盾，一边责怪世事如流，人心不古，一边把自己紧紧包裹，戴上厚厚的盔甲。于是有些人，穷尽一生都在寻找一个超度人，寻找那个修补人生裂缝的人。最后才发现，我们只能是自己超度自己，自己修补自己的人生裂缝。

流年似水，往事已轻。走过四季的花香，走过人生的迷茫，把过往的颠沛流离放入行囊，心不再敏感忧伤，多少含泪的故事会笑着说起。然后笑着面对生活、面对美好，一如初涉世事的当年，就像我对书、对文字的热爱。此刻，窗外雨住风歇，霓虹璀璨，光阴柔软而静谧。我端坐在电脑前，任十指在黑色的键盘上灵巧飞舞，把生活的不堪深埋心底，只留一些极致唯美的文字清泉一样从叮叮咚咚的声响中汩汩流出，编织着一些或甜美或忧伤的浪漫故事。

炉火点燃了希望，那就从春天开始。当温暖替代了冬寒，春风唤醒了长眠的枯草，枝头的春花一茬接一茬地绽放，很多故事会被催生上演。桃花盛开的三月，一壶青梅酒泛着微醉的甜蜜，有生之年，无论岁月赠予怎样的美好和薄凉，我愿用一生去奔赴，写下春色如烟，时光安好！

第四辑　雅韵曼曼

记忆中，那一场盛大的雪事

喜欢冬的旷远辽阔，喜欢那种很清很淡的色彩，更喜欢柳宗元的《江雪》：“千山鸟飞绝，万径人踪灭。孤舟蓑笠翁，独钓寒江雪。”寥寥二十个字，给我们描绘了一幅多么美好壮丽的雪景图！座座山是雪，条条路皆白。飞鸟绝迹，人踪无痕。天地之间是如此纯洁静寂，纤尘不染、万籁俱寂。可惜，这种美景只能在文中欣赏，在记忆中搜寻了。

我对雪情有独钟，喜欢看它一大朵一大朵在天地间飞舞，精灵般无声飘落，圣洁、高雅。安康是很少下雪的，即使下，也是象征性的飘几朵应个景，对北方人来说，那是霜，不是雪。于是，我常常怀念，怀念记忆中的那场盛大的雪事。

1988 年，刚过完春节，我送母亲去新疆的二姐家照看刚出生的外甥。到了新疆，我才知道什么叫冰天雪地、银装素裹。整个世界只有一个色彩，那就是白色。从乌鲁木齐到伊宁市，我们坐的是班车，因为雪大路滑，车底挂着防滑链，在雪地里小心翼翼地往前挪，就这还是走走停停，最后，车子在一个叫果子沟的地方停了下来。从山上到沟底，车辆浩浩荡荡堵了长长一溜，那边的过不来，这边的过不去。后来一打听，雪把路封了，工人正在抢修中。我这时才有机会细看，那雪竟有两三尺厚，没过我的膝盖。山上的雪松、白桦全被大雪覆盖，有的树枝被雪压弯、压断。这以后，就时常会传来前方大雪封路的消息，本来漫长的旅途，因了这雪，变得更加遥远漫长。我们又饿又冷，大人还能坚持，孩子就受不了。一个小男孩饿得直哭，父母怎么哄都哄不住，直到哭累睡着，才安静下来。

到了新源县城，听说前面大雪又封路。我万分焦急，眼看快到二姐的家门了，却没法走，而且身上的路费所剩不多，在这少数民族聚集的千里之外的异乡，我非常害怕。虽说有母亲和我一起，但都是第一次出远门，而且母亲大字不识，一路还需我去照顾。幸运的是，在新源县的一个旅馆里，碰到了二姐她们同一个牧场的一个大哥哥和一个大姐姐，这使我惊喜万分，有他们同行，心里踏实很多。闲聊中得知，县城离家不远，两个小时的路程，因为雪大，有一段路不通，需要绕道。我想，绕就绕，反正也快到了。

第二天，路上依然是走走停停，傍晚到一个十团的地方彻底停了下来。司机说，前面没法走了。我当时绝望地要哭，我和母亲一人提了两个大包，人生地不熟，天又黑了，怎么办呢？这时我非常后悔陪母亲来这里，也更可怜二姐远嫁到这样偏远的地方，睁开眼睛，看不到一个熟悉的人、熟悉的地方，她是怎样适应这陌生环境的？受了委屈想念家人又怎么办？那位大哥哥看我快要哭了，让我别怕，说附近有他的朋友，晚上，我们可以和他一起住他朋友家。

那时人真纯朴，我们竟真的跟着他去他朋友家。由于雪太厚，不停踩踏过的雪融化后，一片泥泞，一脚踩下去，半截腿都在冰冷的泥水里。每走一步，都要使劲把脚往出拔，有时还会出现脚出来了，鞋还在泥里的尴尬情景。我走时穿的一双新皮鞋，早已被雪水泡得变了形，裤子下半截全是泥水，脚只是机械地挪动，早已冻得失去了知觉。

朋友家的房子从外看很普通，但里面收拾得很整洁。当我们提着大包小包，逃荒似的站在朋友家时，我非常尴尬，不知脏脚该往哪里放？那家人没有半点的嫌弃，热情地接待了我们，给我们让座、倒水，做饭。饭后又招呼我们洗脸洗脚。室内的融融暖意很快驱散了我身上的寒意，而主人的热情，让第一次出远门的我心里感到了踏实和温暖。我现在都记得那晚的情景。第二天早上，主人又做了一桌丰盛的饭菜款待我们，然后我们才告辞上路。后来才知道，他们吃水、吃菜都很不方便，那菜是他们从县城带回去的。我们的突然到访，无疑给他们增添了不少麻烦。

时间过得真快，一晃就是三十年，虽说人生是边走边忘，但那些曾帮过我们、温暖过我们的人怎会随着时间的推移而模糊淡出呢？那个寒冷的雪夜，因为陌生朋友的热心，让我和母亲避免流落野外；因为陌生朋友的热情款待，让我度过了一个难忘的夜晚。那个雪夜，是如此温暖、温馨，足以抵挡人生的任何风雨。不知何时，再能与一场雪相逢？

那年实习

时间倏而远去，转眼过去了二十六载。当我再次踏在了脚下的这片土地上时，心里感慨万端，当年花里镇这个似乎被春天遗忘的角落，如今随着国家地质森林公园南宫山旅游业的发展也发生了天翻地覆的变化。漂亮的小楼，整齐的街道，穿梭的人群，丰富的商品，功能齐全的服务行业，找不出当年半点痕迹，若不是随行人员告知，我是绝对认不出的。

第一次到这里是毕业前实习。全班八个女生本来两人一组，而且都是自愿结合提前向老师申请的。我却因为同组的杨被学校推荐去南京农业大学深造，留在学校复习，就剩下我一人。

记得那天早上，我们二十多位同学在岚皋县农业局开会，带队老师简单讲了实习要求后，就宣布各小组人员名单和分配去向。当我听到我和四年间从未说过话的一名姓罗男生分到花里镇时，忍不住当场哭了。这一哭一发不可收，我们从农业局出来，去车站附近餐馆吃饭，然后看其他同学纷纷踏上了开往不同方向的班车时，这一路我都在哭。罗同学恰好是花里镇下面一个村子的人，他哥嫂在岚皋县畜牧局上班。送完同学，他说花里镇太远了，先去他哥哥家里，第二天再去花里镇。我人生地不熟，当时也没有任何心情，就听从他的安排。

罗同学是个沉闷不善言辞的人，一路上，他一言不发，提着他和我的两个沉重的大背包在前面慢慢走，我跟在后面边走边哭。街上的行人都向我投来诧异的目光，那目光使我很不自在，就拼命地想把眼泪咽回去，但那时眼泪就像坏了的水龙头，哗哗地流个不停，怎么也控制不住。我边哭边对罗同学说，能不能找条僻静点的路？就这样穿过了大半个岚皋县城，又绕到岚河边。知道这样哭着去别人家很不好，我就在岚河边继续哭，罗同学在远处等。不知过了多久，我才止住眼泪。眼睛肿得睁不开，等到下午，肚子饿了，感觉也差不多了，才说可以走了。现在都记得他嫂子很热情，做了很多好吃的。

第二天，我们去了花里镇，先找区政府办公室，然后办公室人员又把我们带到区农技站。那是九三年春天，全国财政不景气，特别是乡镇财政包干，很多单位发不出工资，一些乡镇干部也就经常不在单位。说是集镇，与川道的村子相比都差了很多。一排不长的破旧房子，开着几家不同的店铺，生意极其冷清。街上除了常住居民、各单位值班的机关干部，很少看见外来人员。偶尔三五个村民，多半是买籽种化肥的。四月中旬，月河川道早已花事如潮，这里还是乍暖还寒，似乎被春天遗忘了。

花里区农技站在花里镇政府旁边，是几间二层小楼。一个站长在外搞社教，一个会计兼农技员是本地人，偶尔到单位打个卯，然后常年在家，坚守阵地的是一个女农技员。分宿舍的时候，罗同学说不用给他分了，他住家里。同学家离这里二十多里路，临走时他对我说："我家太远了，路不好走，你走不了，我就不邀请你去我家了。"罗同学这一走，直到实习结束，我也没见着他。

我只要不下村，每天就在花里镇政府机关食堂吃饭。伙食一天三顿固定不变，早晚酸菜面，中午米饭，菜是长得如同小树一样的菠菜。菠菜秆太粗，从中间撕成几缕，然后用水一煮，放点盐，倒点油，一半菜一半汤。四十天下来，我的脸色基本也是菠菜色的。

实习结束回到学校，我和罗同学依然没有任何交集。毕业留言时，不少同学写道：你能说能写更能哭，希望以后开口常笑。其实，毕业实习是第一次离开老师独立工作，给不久的将来走向社会做准备，就像刚学走路的孩子，还没做好准备，父母突然撒手不管，对周围陌生的环境、不可预知的未来充满了恐惧，所以才会哭得那么厉害。

人到中年，经历了诸多种种，当年认为天大的事如今已不算事了。偶尔闲聊，也只是当做一个笑话来讲。看到眼前城市缩小版的花里镇，突然想到一句歌词：野百合也有春天。是的，我和花里镇也迎来了属于自己的春天。

往事，在秋风中飘落

若不是早晚习习的凉风，我一定以为还在盛夏。瞧！已过白露，中午的阳光依然火辣辣、白亮亮，晃得人睁不开眉眼。

公园里高大的香樟仍有新芽绽放，翠生生的绿。所有的绿植经过人工浇灌，依然青绿通透，看不出岁月滑过的痕迹。

天空水洗般纯净，蓝得让人心醉；云朵白得无瑕，自在舒展，去留无踪，恰似我此刻纤尘不染的心境，纯真美好。

就喜欢这样晴好的日子，喜欢空气中弥漫的阳光味道。天晴，心就不会潮湿；阳光照着，心就会永存希望。这个夏季，虽有虚惊一场的病痛煎熬，也有莫名的误解、冤屈，但因了小情绪的妥帖安放，心的花朵在这个季节开得枝繁叶茂，逶迤成一行行唐宋风韵。

心更是恋上夏天这个季节。身心尽情感受热情火辣的温度，就连隔着冰冷屏幕的话语亦带着欢喜的温暖。好想，把流年所有的慌乱和漂泊搁浅在这个季节深处，然后用一份执念，将这个季节挽留为地久天长。

然而，不是每一个喜欢都会为你驻足停留。四季的交替如跌宕起伏的人生，不可能永远是花枝鼎盛的夏，亦不可能永远是万物凋零的冬。因了冬夏的交替，才有了四季旖旎的不同风光。

人生，不可能总是春风得意，居于巅峰；也不可能永远失意，处于低谷。起起伏伏，尝尽五味，才是人生的本来面目。

雨没有任何征兆，于这个黄昏突然落在秋的途中。穿过窗外孤寂的檐下，打在落满心事的芭蕉上，一声一声，敲打着无眠的漫长秋夜，凄清伤感。“点滴芭蕉心欲碎，声声催忆当初。”初见的点滴穿过记忆的长廊，纷至沓来，在心底散发着耀眼的光芒。

风应着雨的邀约，如期而至。拂过发际，感到深深的凉意。秋的到来让人猝不及防，昨日葱茏明艳的绿，昔日枝头鼎盛的红，仿若一夜之间被风吹老，转眼黄迹斑斑。一片片，一瓣瓣，携着浓浓的花香，带着淡淡的忧伤，散失在流年里，飘落在风雨中。一季的繁华转瞬惊落，徒留一地的薄凉。

雨随秋风飘落，花随冷雨凋零，心随落花婉转。誓言被风吹散，背影被雨打湿，那些沉重不可言说的心事，在风雨中静默缄口。

缘分如斯，从来不会顺风顺水。在熙熙攘攘、人来人往的缘分渡口，注定会遇到爱情、友情。在这里，有喜、有乐，有笑、有泪，唯独没有永恒。

总有一些人，会成为我们生命中的过客，我们也会成为别人生命中的过客。到底谁会成为谁的谁？其实谁也不会成为谁的谁！正如徐志摩在《偶然》中所写：“我是天空里的一片云，偶尔投影在你的波心——你不必讶异，更无须欢喜——在转瞬间消灭了踪影。”

更多时候，一段感情的结束，只是一个转身，从此，便是山高水远。即使近在咫尺，心已远在天涯。总怪罪时光的薄情，其实，更薄情的却是人心。很多时候，很多事情，并不需要交付漫长的时间来验证，只需一句话、一个小小的动作即可。从来，我们高估了自己，以为曾经的喜欢会心心念念，刻骨铭心。却未曾料到，还未彻底转身，已是时过境迁，沧海桑田。

年年岁岁花相似，岁岁年年人不同。那些重叠的深厚岁月，终抵不过一个误解。一根玉簪从中轻轻划过，成为不可逾越的天堑。从此，一个此岸，一个彼岸，把曾经的两两相望，站成了两两相忘。那些错过的风景，走失的人，不复再现。即使再见，已是花非花，此人非故人。

总是感叹蝴蝶，明知飞不过沧海，抵达不了彼岸，却还是如此执着；总是惊于飞蛾，明知前方只是虚幻，结局香消玉殒，却依然奋不顾身。

不知是庆幸，还是悲哀，我们不是它们。经历了生离死别，看惯了悲欢离合。面对生命中来来去去的缘，不悲不喜，拈花浅笑，云淡风轻，坦然接受赐予我们生命中的春夏秋冬。

秋已老，妖娆的春夏已成记忆。那些青葱丰盈的往事，枯瘦成秋风中的落叶，斑驳陆离，最终了无踪影。含笑行走在红尘陌上，内心，依然是清风和朗月，一片明媚。

难忘的报告会

新年第一天，“王庭德书友会”报告团冒着严寒走进安康监狱，为服刑人员做一场励志报告。头天晚上，侯会长发来信息，说家里突然有事，元旦的活动不能参加，让我救场，并叮嘱我一定记得带上身份证。

早上 8 点，我准时到达安康市图书馆，一名穿着便服的年轻狱警已开车在图书馆门口等我们。庭德还是忘了身份证，又回宿舍取身份证，等庭德来了一起向安康监狱驶去。路上，我让庭德打电话，把我们换人的事说一声。

进了监狱大门，狱警将车停好，说是回宿舍换衣服，让我们在院子里等。因为好奇，我趁着等待的时间，在院子里随便转了一下。房子虽然陈旧，但干净整洁，绿化较好，外院和普通的单位没什么两样。一会儿，那位狱警换了警服出来，胸前挂了一个牌子，手里还端了一个盆。他给我和庭德每人一个通行证让我们配在胸前，又问我们要了身份证，然后带着我们向北面的旧楼走去。他通过高高的窗口向里面的工作人员说明了情况，并出示、填写了身份证等相关信息。外面执勤的两名年轻狱警对我们三位进行了检查，确信没有危险，才打开小铁门让我们进去。门很窄，只能通过一个人，里面还有一段像火车站进站检票处一样，两边有铁栏杆挡着的窄窄通道。原以为这样检查就行了，结果进门后还有一道盘查。这次是两名女狱警，年龄大点的不让我们带包进去，我说庭德的包里是一会儿用的演讲稿和会旗，那女狱警认真检查后，才同意带进去，但我的包是绝对不能带进去的。又问我们带了手机和钱包没，我如实回答带了。她让陪同我们的狱警把我们的手机和钱包妥善保管，包可以放在她那儿，那狱警只好又返回宿舍放我们的东西。

一共通过三道门，我们才进去。里面是一个大院子，一千多服刑人员穿着囚服剔着光头，手提小凳子已整整齐齐站在院子里正在听领导训示。这时过来了一个三四十岁的服刑人员来接我们，说颜科长正忙着，让我们先在一楼第一间办公室等。进了办公室，那人热情地让座，又给我们倒水。如果不是这样的一身囚服，怎么也不会把他和囚犯联系起来。也不知他是什么原因走错了路，我心里一阵惋惜。

我坐在办公室内一边等待一边看服刑人员升国旗。这是我第一次走进监狱近距离接触服刑人员，既有好奇，又有警惕惋惜。只见三名警察护卫着国旗走上升旗台，伴随着雄壮的国歌声，五星红旗冉冉升起。升旗后，全体服刑人员在国旗下举起右手，高声宣誓："……弃恶从善，改过自新，在监狱警察的教育引导下，成为一名合格的守法公民，为家庭尽责、为社会尽力，为实现伟大的中国梦而努力奋斗……"接着，监狱党委委员、副监狱长做了爱国主义教育，希望服刑人员立志做新人，开创新人生。

报告开始了。我感到我们这次报告意义非凡，责任重大。庭德用平实的语言、真挚的情感分享了《人因梦想而伟大》，讲述了他坎坷曲折、同命运顽强抗争的人生经历。那种不抛弃、不放弃，勇于向命运挑战的积极进取的人生观和价值观深深感染了现场听众，不时地爆发出一阵阵热烈的掌声。教育科颜科长在总结中说道：“各位服刑人员，只要你们自己不放弃，在服刑中牢记‘自强不息’四个字，不怨天尤人，不混刑度日，把人生的逆境当做是一次历练，把刑期当做学期，多学习，多思考，积蓄力量，一定会迎风起航，展翅高飞。”

最后，由庭德把他的书《这个世界无须仰视》捐给服刑人员，每队派代表上台领取。由于书店脱销，只有5本，有的队没有。有位眼尖的看桌子上还有一本，就上前问颜科长，能不能把桌子上的那本借给他看？颜科长爽快地答应了。

短短一个小时很快结束了，但我的心却无法平静。自“王庭德书友会”成立以来，我做过多次报告，唯独这次最难忘。人生的路，漫长曲折，每个人一定要把握好自己，坚守初心，堂堂正正做人，踏踏实实做事，才不会在纷乱的世象中迷茫迷失，不会被名利所诱惑，不会让私欲无限膨胀，最终毁了自己害了家人。新年新气象新起点，愿庭德自强不息、不向命运低头的精神能给他们以激励、勇气和希望，并认真改造，重新做人，书写人生新的篇章。

一轮明月照天堂

正月十五元宵节，是仅次于春节的一个重大传统节日。在很多人眼里，元宵节和春节是连在一起的，都叫过年。只有过完正月十五，才意味着春节真正结束。家乡有句俗语：三十的火十五的灯。元宵节这天，家家除了吃汤圆，就是放烟花、观灯、看社火、给死去的亲人“送亮”。每年的元宵节晚上，从城市到农村，家家户户灯火通明，璀璨夺目的焰火将夜空照得如同白昼，就连老家农村坡地里的坟茔上，也是星光点点，上演着和平年代的盛世华章，热闹之处比春节有过之而无不及。

疫情下的元宵节，没有“去年元夜时，花市灯如昼”“东风夜放花千树，宝马雕车香满路”的盛景，却是“不见去年人，泪湿春衫袖”的凄清孤冷。今天是全民大隔离的第 15 天。原估计隔离 14 天后，疫情将迎来拐点，我们即可“解足”，就可以开开心心过个元宵节了。对于十五的到来，大家都是盼星星盼月亮，掰着指头一点一点熬过来的。但是盼来了星星盼来了月亮，唯独盼不来隔离的解除。好不容易挨到了第一阶段隔离期结束，我们盼望的拐点却并没如期到来，疫情远比我们想象的要复杂得多。全国新冠肺炎确诊数字的不断迅猛攀升，意味着可能面临本土第二代第三代疫情大爆发，抗疫之路依然十分艰巨。国家要求我们继续居家隔离，不得外出，而且管制更加严格，并要大家做好打持久战的心理准备。

本是有所期待的心瞬间又凉了下来，更为那些被疫情日夜折磨的患者、身处一线日夜奋战的白衣天使和奋战在全国各地的基层干部、警察担忧，他们身心俱疲，处境最危险，那席地而卧的疲惫身躯，那口罩背后满是勒痕甚至溃烂的脸庞，那被药水汗水泡得变了形的双手，更有一个个悄无声息离去的新冠肺炎患者……让人无比心疼心酸。

这个冬天是这样漫长，漫长得令人窒息绝望，恨不能按下快进键，一键跳到春天。那些无法把控生死命运的夜晚是那样寒凉，寒凉得让人恐慌，恨不能按下删除键，一键删去黑暗绝望的夜晚。前天晚上，就是李文亮医生去世的那个晚上，我和关注武汉疫情的广大网民一样，度过了一个难忘的无眠之夜。得知武汉“八君子”之一的李文亮医生因感染新冠肺炎恶化正在抢救的消息，大家都守在网上等待、守候、祈祷，希望有奇迹发生，但诚意最终未能感动上天，那个“吹哨者”带着对尘世的无限留恋，去了另一个世界。一时间朋友圈内呼声、哀痛声四起，把这个夜晚的无奈和痛苦永远铭刻在每个人的记忆中。

各地政府对第二阶段的管制更加严格，小区给每人发了临时出入证，对上街买菜的次数有了限制。有些小区甚至对买菜这类事情进行登记，集体团购，以减少外出次数和感染概率。街上，宣传车来回宣传。有普通话宣传政策的，有男女版方言规劝市民在家的，通俗易懂，接地气，是广大市民喜闻乐见的形式。

而每年正月十五，我是一定要回娘家过节的，然后晚上给父母“送亮”。前几天，政府已发文，今年元宵节禁止祭祀活动，我只能在家。早上，我起早做了甜酒汤圆。女儿还未起床，先生吃了去各站点检查。我不喜欢吃汤圆，但今年我还是象征性地尝了一点，希望疫情过后能苦尽甘来，日子像这汤圆一样甜甜美美、圆圆满满。外甥女年前带两个孩子去无锡亲戚家玩，遇到全国大隔离，心急如焚，四处打听，看能不能回来。我们都劝她不要急，安心在那边玩。一是路途遥远，太不安全；二是西安的高速公路出口、铁路都加大了管制力度，无法回来。

连着两个晚上，罕见的自带光环的月亮刷爆了朋友圈。只见一轮明月光芒四射，外面绕着一圈大大的彩色光环，是难得一见的月晕，但再也无法吟出“月上柳梢头，人约黄昏后”的浪漫诗句了。今夜，就让这皎洁的月亮带着我们心中的爱和思念，一同照亮通往天堂的路，温暖那些热爱尘世的人，让他们不再有黑夜里的恐惧绝望。此时，我满脸泪痕，向着月亮，深深三鞠躬，心里默默祈祷，祈愿天堂再也没有痛苦没有黑暗！

口　罩

“妈，我们什么时候才能买到口罩呢？家里就剩几个了，怎么办呢？”女儿一边数着少得可怜的几个口罩一边问。

“现在一时半会估计难买。我们只有不出去，把它节省下来给你爸用。不过，我看全国好多地方生产口罩的工厂已复工了，目前这种情况应该不久会缓解的。”

“你问问你的同学和朋友，看能不能帮忙买一点？”女儿抱着最后的一丝希望。

“算了，希望不大。再说，咱们又不出去，基层好多医护人员和参与抗疫的人员都没有口罩，他们比我们更需要。”

女儿不再做声。

家里的口罩，还是大年三十那天，得知武汉封城的消息后，女儿去药店购买的。因为对情况估计不足，也就随便买了一点。等意识到情况很严重的时候，想再去买点，各大药店的口罩、酒精早已售罄，真正是一罩难求了。隔离的日子，尽管足不出户，但外面的情况还是一清二楚。

除了关注前方疫情，也关注口罩。偶尔某个药店进了一点口罩，门外便已早早地排了一条前望不到头后望不到尾的长龙，而且还是限购，每人不超过两个。其实很多人一个也不嫌少，只怕一个都没有。有人就是排了大半天的队，眼看快到了，却被告知已售完，那种郁闷和无奈不用说都能想的出来。

昨天，娘家哥哥发信息，问有没有口罩，他在 316 国道进村的路口值班，村上没有口罩，半个月发了 3 个。没有口罩怎么行呢，这太危险了。我就四处打电话联系，好不容易找了十几个口罩，然后让他先拿十个，叮咛他一定要做好自我防护。

当我拿回这来之不易的十几个口罩时，女儿是两眼放光，欣喜地说道："妈，你买到口罩了！"就又开始数口罩。这几天，女儿每天都要数几遍，先生有时早上出门时也会数一下口罩。我知道，先生是看口罩还能用几天，女儿是看口罩有没有可供她出去"放风"的。虽说先生单位每天会发一个口罩，但先生有时并不到单位去，而是直接下乡了。我笑女儿，你一天数几遍口罩，就像守财奴数钞票一样。

人生过了半百，若不是这来势汹汹的新冠肺炎，除了雾霾严重的城市，这小小的口罩绝对是家里可有可无的东西，不会被人们所记起。现在却成了宝贝。家里哪怕可以没钱，也不可以没口罩。没钱大不了不买东西，没有口罩则是寸步难行，连门都出不了。疫情当前，口罩是每个人的标配，出门自觉佩戴口罩成了市民的一种素质和义务。

大部分人都晓得厉害，知道出门佩戴口罩就是自救。但总有个别人心存侥幸，不愿佩戴。前天，我去买菜，想到超市人多、密闭，就去附近菜市场，结果远远看见一卖豆芽的老大爷，把口罩堆在下巴底下，口鼻全部暴露在外，吓得我转身就走。这是极不负责任的，很多感染者就是以为自己没事，到处走动，才无意成了传播者。

新冠肺炎疫情蔓延之前，我也是从不戴口罩的。我所在的城市不大，在周围城市被雾霾重重包裹得看不见天日的情况下，我的头顶依然是蓝天白云，空气质量在全国排名前十。记得周边朋友最爱说的一句话：去安康养眼养心养肺。

2003 年“非典”期间，我在一个青山绿水的乡镇工作，这座小镇后来被评为“全国十大宜居小镇”。我记得当时先生给我拿回家了一个白色的口罩，是洗后可以反复使用的那种。但那时周围的人，包括电视里所见，除了医护人员，大家都没戴，我也就没戴。据说是害怕领导戴了引起大家的恐慌，不戴，是给老百姓信心。若按现在的要求来看，那时人们普遍是违规不符合要求的。幸好“非典”的传播没有新冠肺炎厉害，否则后果不堪设想。其实想想，为防止交叉感染，佩戴口罩很正常也很好理解的，都是血肉之躯，只有自己保护好了，才能更好地为大家服务。

钟南山院士说：“预防新型冠状病毒，戴口罩还是有用的，因为病毒不是单独存在的，常常是存在飞沫中的，一般的口罩是能阻挡大部分带有病毒的飞沫进入呼吸道的。”安康一新冠肺炎确诊者，从武汉回来接触了 40 人，但无一人感染，他说，口罩起了很大的作用。

祸从口出，病从口入。现在深刻意识到佩戴口罩的必要性，它不仅关乎到个人的性命，甚至关系到一个民族的命运。当它给我们过滤细菌病毒的时候，但愿也能过滤一下我们说出的话，进入口中的食。说应该说的实话，吃应该吃的食物，让口罩以后派不上用场，才是这次口罩发挥的最大价值和意义。

窗外的鸽子

我们办公室在润物楼的四楼，紧挨北面的是一排两层陈旧的居民房，我桌子靠近窗户边，每当我批改作业累了，抬头就可看见窗外的一切。老实说，窗外除了高高低低、或新或旧的房子外，没有什么看头，而吸引我的是这排房子的屋脊上的一群灰色鸽子。

开始留意这些小家伙，纯属偶然。安康的冬天无雪少雨，常常艳阳高照，温暖如春。窗外小红楼的房顶便成了这群鸽子的乐园，他们常常在此聚会、聊天、晒太阳，甚至公然谈情说爱。

一日下午，批改着面前小山似的作业，低头久坐，头晕眼胀，放下了手头上的工作，倚在窗户边看对面的鸽子。几十只鸽子沿着屋脊一溜排开，神态各异。有的独自一个安静地晒太阳，有的伸长脖子好奇地四处张望，有的互相梳理着羽毛，还有的三两只挤在一起，头挨着头，嘴里咕咕叫着，大约是在聊什么有趣的话题。

我是鸟盲，分不清雌雄，在我眼里，它们几乎长得一模一样，所以也判断不出它们是什么关系。这时，一只体型略大，羽毛灰中泛白的鸽子硬是挤在两只鸽子之间。由于太挤，还霸道地用身子把旁边的一只鸽子挤开。我的目光不由得被吸引住了，这只鸽子的确漂亮，羽毛光滑油亮，头顶点缀着两朵花斑，眼珠漆黑如墨、明亮有神。旁边的一只鸽子体型略小，羽毛白中泛灰，尾巴优雅低垂，眼睛眺望着远方，极尽神往。强烈的对比，我猜出了它们的性别和关系，花斑鸽子正在追求身旁这位骄傲的“公主”。它歪着头，仔细打量着旁边的“女神”，看着看着，开始不老实起来，悄悄移动脚步靠近，然后伸出尖细的长嘴，一会儿梳理对方的羽毛，一会儿在对方的脸上啄几口，我不知是不是在亲吻，但明显感到是在向对方示爱。边上的鸽子非常高傲，不为所动，继续保持先前的姿势，没有任何回应。漂亮的花斑鸽子试探了几下，看对方没有反应，就进一步加大攻势，继续靠近，旁边的鸽子不得不往外挪。好笑的是，雌鸽让一点，雄鸽就跟近一点，小嘴不时地在灰鸽身上啄来啄去，把头埋在翅膀下，表达不够的亲昵爱恋。雌鸽不胜其烦，拍拍翅膀，嗖地一下飞走了。雄鸽没想到会是这样，一下蒙了，不知所措。过了一会儿，大约感到在同伴面前丢了脸，有些不好意思，低着头，灰溜溜的。然后灵机一动，给自己找了个台阶，似乎全身都痒痒，这里挠挠，那里挠挠。没了心上人的陪伴，百无聊赖，也拍拍翅膀，嗖地飞走了，我不禁哑然失笑。

我开始关注这对鸽子的命运，不知花斑鸽子求爱是否成功，那只骄傲的灰鸽子是否会接受？我看向窗外的时间多了起来，而且特意寻找那对准情侣。我惊喜地发现，花斑鸽子的爱是执着的，不管那只灰鸽子身在何处，它都会尾随而来，如果有别的鸽子献殷勤，它会毫不客气地上前警示，把对方赶走。若偶尔觅得一点美食，灰鸽独自享受，花斑鸽子守候一旁做护卫，以防同伴争抢。在花斑鸽子的强烈攻势下，灰鸽子终于被感动，接受了那份爱。

后来，时常看到这对小情侣几乎是形影不离。一起觅食、散步、晒太阳，如果饭后嘴角留有残渣、羽毛没有梳理整齐，它们就会帮对方清理干净，恩爱无比。

第二年春天，再见它们，已是拖儿带女，俨然幸福的一家。

严冬过后是春天

没有哪个节日能像春节这样被国人看重，更没有哪个年像2020年这样安静冷清，过得如此揪心？打开手机，一改往年春节的各种祝福和各种晒，满屏都是关于新冠肺炎病毒的消息。当疫情遇到春节、春运，注定成为一场灾难和战役。

早上，女儿打开阳台的窗户，趴在窗框上，看着楼下几乎没有行人没有车辆的空旷大街问我："妈，今天大年初几？"

"初三。"

"天，怎么这么慢？才初三，日子好难熬啊！"

听着女儿无奈地抱怨，我默不作声。以前，我和女儿总觉得时间不够，恨不能把时间掰成两半，一天变为48小时。但宅在家里的这几天，时间似乎凝固，忘了前行，有种度日如年的感觉。

女儿发了很长时间的呆，又说："妈，有人在朋友圈发消息，百家惠大药房门前排了两百米长的队伍，都是买口罩的，每人限购5个。我们要不要去药店碰碰运气，看有没有口罩？"

“算了，把它留给更需要的人，我们就待在家里不出去。”

是的，待在家里不乱跑，不乱跑就不会给国家添麻烦，是我这个普通人此时唯一能做的事。

“我爸太危险了，但愿他能保护好自己。”女儿不无担心地说道。

我控制自己不去乱想，安慰着：“你放心，就是检查监督，不会有事的。”

按每年惯例，大年初一，我们一家、我两个姐姐和她们在外工作的儿子、女儿都会在这一天集中在我哥家拜年，加上我哥一家，就是一个热热闹闹的大家团聚之日。三十晚上，我哥和我外甥就在家人群里说，初一早上，他们来接我们。我还没回答，女儿首先表示不同意，让我们哪儿都不要去，就在电话里拜个年。我把意思一说，大家明显都很失望，好在家人都是明白人，就理解了。

初一早上，不用出门，在家安心睡懒觉。还未起床，先生就接了一个电话，虽然不知道具体内容，但从断断续续的回答中，知道是与这次疫情有关的工作。先生接完电话，开始往出打。接下来的一两个小时，都是围绕本次疫情不断地接打电话，接受任务，再联络有关人员进行沟通相关事宜。这时，我早已无法入睡，起了床，做好了饭。等他的过程中，我把电视调成静音模式，第一次违背原则，竖着耳朵听他们的对话，关心疫情走向和政府应对措施。他打完电话，顾不得吃饭，就匆匆出了门。

雪崩之时没有一片雪花是无辜的，此刻，我深有体会。即使自己和身边亲人没有与来自疫区的人员接触，我们每一个人都不能抱着侥幸心理置身度外。就像先生，还得因为工作需要，抛开个人安危冲上去；我们不得随意外出。

以前总是想，什么时候才能让自己真正属于自己，没有案牍劳于形，没有迎来送往累于心，悠然睡到自然醒。然后看看书，写写文，做一个逍遥自在的快活神仙。当真的什么都可以不做时，眼睛却无处安放，电视、书都不能使我安然，心始终被疫情牵制。每隔一会儿，就去翻看手机，看有没有更新的消息。那不断变化的数据，戳痛着我的双眼，让人如此揪心。我除了对武汉人的担心，还有对先生的担心。

晚上 11 点多，先生拖着疲惫的身子回家。进门后，我和女儿几乎同时说道："你吃饭了没？"

"赶紧去洗手，用酒精消毒。"

先生边说没吃，边乖乖去洗手间洗手。他说："今天和卫健局的人一起去医院和周边乡镇卫生院检查，回来还写了报告。从早上到现在，就吃了一包方便面，直接把人饿坏了。明天还要继续。"

我同情地望了一眼先生的背影，立即洗手进厨房。去年脱贫攻坚，忙了一年，几乎没有休过节假日。好不容易忙完，盼星星盼月亮，盼着这个春节能休息几天，没想到又遇到了这事，继续忙碌。

以后先生每天早出晚归，我的行程真的是卧室——客厅——厨房——餐厅——卫生间。因为身静心不静，身安心不安，使得这种日子格外漫长难熬。下午，教师群里通知各班主任，要上报班级学生目前位置，看有没有湖北籍的学生和与从武汉回来人员接触的学生？我把消息发到班级群里后，有部分家长没有回复，我一一打电话联系，然后将汇总情况上报。

平时喜欢运动锻炼，宅了几天，浑身酸痛乏力，不舒服。晚上，趁着无人，戴上口罩，偷偷溜出家门，在楼下溜达了一圈，舒展舒展筋骨。街上，除了两家大型超市，基本都是关门闭户，往常璀璨夺目的霓虹灯隐匿在疫情之下，有些萧瑟。偶尔，有和我一样包裹严实出来透气的路人，未等相遇，就将距离尽量拉开，彼此防备。这时才体会到自由呼吸、自由行走，是一件多么美妙的事啊！

事已至此，暂不去追究是与非。灾难面前，唯有全国人民上下一条心，众志成城，一切困难必将成为过去。就像四季轮回，是谁也不可阻挡的脚步——冬天过后就是春天。只希望我们能从这次灾难中吸取教训，不要让悲剧再发生，真正做到人与动物、人与自然和谐共处。

浮生若梦　梦醒红尘

春雨潇潇，落红满地。风将旧事翻起，我在旧事里沉沦。闭上眼，那个叫沈复的江南才子和叫芸娘的婉约女子带着他们的哀婉故事，从两百年前的清词中携手走来，伫立在红尘之中。即使在多年后的这样一个夜晚想起，依然泪雨滂沱，感慨万端。

晚清至今，两百多年的历史，来来往往历经了多少人和事，又有多少人和事在历史的长河中湮灭，化为尘埃，却留下了沈复和芸娘的故事被世人传诵。不是沈复的才华盖世无双，不是芸娘的容貌倾国倾城，更不是他们的故事惊天地泣鬼神，只是因为他们情深似海，把日常的慌乱不堪过成了诗情画意，让我们这些红尘中的凡夫俗子在一次次失望之余，依然相信世间还有美好的爱情存在。

多次叩问，人世间有没有神仙眷侣，若有，应该是什么样子？是王子公主的童话故事，还是赌书泼茶的怡情雅致？百年修得同船渡，千年修得共枕眠，那前世要有多深的积修，今生才会碰到那个恰好彼此喜欢的他（她），能执手走过风雨飘摇的一生？相爱容易相处难，更难得的是那份真情居然能敌过婚后的一地鸡毛，久处不厌。都说婚姻是爱情的坟墓，婚前多少浓情蜜意被婚后的柴米油盐所埋葬，只剩了将就，甚至形同陌路。于是，更加向往、怀念沈复和芸娘来。

从古到今，这个世界从不缺养眼的美女，环肥燕瘦，各有风姿，尤其在整容业发达的今天，更是美女如云，随便一抓一大把，但有趣的灵魂却是千里挑一。他们意趣是如此相投，喜欢游山玩水，喜欢弄花赏月，当两个有趣的灵魂相遇，一样的日子便有了不一样的情趣。沧浪亭畔，他们谈古论今、品月评花；萧爽楼上，文朋高座，吟诗作对；太湖泛舟，饮酒猜拳、嬉闹玩耍；神仙诞辰之日，芸娘不顾世俗常规，穿上沈复的衣服、戴上沈复的帽子，乔装打扮，一起去赶庙会。那样的日子，就连时光也染了酒香，日日微醺，妙不可言。

芸娘冰清玉洁、兰心蕙质，那些简单粗糙的日子经了她的手，瞬间变得精致起来。夏日荷花初开之时，芸娘用小纱囊裹少许茶叶，置于花心，次日取出，煮雨泡茶，香韵妙绝。在半截竹帘上刷漆代替栏杆，简单的陋室瞬间变成超凡脱俗的雅室。用砂盆种植扁豆，放在屏风后，恍如绿荫满窗，增加乡野闲趣。特意置备的梅花菜盒，就像菜肴盛放在梅花瓣中。静室焚香，插花时加入草虫，生动逼真，见过的人无不称奇，就连沈复都赞其绝无仅有。

幸福从来就是个人的内心感受，与物质无关。芸娘的心纯净、恬淡，如潺潺溪水。她从小失去父亲，与母亲、弟弟相依为命，一家三口的日子凭借她的手艺打点，这使她和沈复在后来家道中落的日子里，能随遇而安，安静地过着平淡的日子。沈复的衣帽鞋袜，全是芸娘亲手缝制；衣服破了，移东补西，总能拾掇得干净整洁；没钱沽酒，当了衣服首饰换酒钱。后来，不管沈复赋闲在家，穷困潦倒，处于山穷水尽的境地，还是那年冬天因替友人作保受牵连，致使芸娘失去婆家欢心，也从未抱怨。她说：布衣荆钗，粗茶淡饭，亦可欢喜终身。由此田园之乐，无须去向远方。有情饮水饱。她要的就这样简单，不求荣华富贵，不需锦衣玉食，只要有爱人陪伴，即使一身素衣，半生飘零，也是心甘情愿。

愿有岁月可回首，且以深情共白头。无论内室相逢，还是小径偶遇，必会执手相问："去哪里？"有时候，芸娘与人相坐闲谈，若见沈复走来，必会站起来偏挪身子，好与她相依而坐。很多时候，沈复有什么心思，只须对芸娘使个眼色，她便心领神会，体察得分毫不差。沈复曾说："来世你做男，我做女子红尘相随。"芸娘说："到那时，若不能忘今生情缘，才会觉得更有情趣。"伉俪情深，日久弥深，二十三年，相看不厌。

世间最难得的是懂得，他们是如此的幸运，不但找到了自己的人生伴侣，难能可贵的是他们还是彼此的灵魂伴侣，是知己。她懂得他的无力，他懂得她的不易。因为生计所迫，半世飘零，聚少离多，无法给予心爱女人安稳的生活，但不管沈复的脚步走得多远，心却永远停留在那个有芸娘的地方。而芸娘的心一直随着他浪迹天涯，牵挂着他的冷暖。因为给公公和沈复找妾，加上小叔子借债的事，被家人误解厌弃，遂被逐出家门。沈复怕芸娘想不开寻短见，连夜赶回，放弃一切，陪芸娘流落天涯。你投之以桃，我报之琼瑶。我落魄时你紧紧相依相随，你流浪时我必不离不弃。我可以放下整个世界，唯独不可以放下你。

情深不寿，慧极伤身。光阴两岸，幸福和痛苦一样绵长深刻。有你相伴的时光有多幸福，失去你的日子就有多痛苦。沈复不管做幕僚还是做生意，屡屡失败。芸娘居无定所，病中不但无法得到照顾，还常常为一日三餐劳力费神，最终抱病而去，与沈复半道分离。

浮生若梦，梦醒红尘，没有了芸娘，沈复从此孤灯之下，黯然落寞，了此余生。

且向光阴诉安好

时间的脚步不紧不慢，悠然走到了一年的尾端，再有几个小时，将又是新的一年。心里一声轻轻地叹息：时间过得好快！

正是三九天，一年最冷的时节，周边到处落了雪，唯独我所在的城市吝啬得很，只在前天应景似的飘洒了几朵雪花，触地即化。地面亮汪汪的水渍像极了雪伤心的泪，让惊喜还没来得及在脸上绽放就转瞬即逝，甚至心生几分遗憾。此时，雪风尖刀一样从身旁嗖嗖刮过，那是一种刺骨的冷，鼻子酸涩，泪水随时都能从眼眶滚落，而更冷的却是我的心。

举目四望，眸底是阴云低沉、繁华尽落的荒芜。一抹苍凉随着身旁的江水缓缓弥漫，铺向光阴深处。那曾经翡翠般碧绿的青青杨柳，那色泽浓郁、开了一拨又一拨张扬的紫薇……那赏心悦目、万紫千红的春啊，终究抵不过似水流年，当季节的背影穿过时空，已丝毫看不出往日的芳华。

由于天气寒冷，一向热闹的上河街冷清了许多。我漫无目的地转悠着，不觉得又来到了“初见”门前，不由得驻足停留、沉思，爱极了这个书吧的名字，也喜欢门外小黑板上每天变换着的走心文字：有人说海是倒过来的天，我想陪你去看这片海；最好的旅行就是你在一个陌生的地方发现一种久违的感动……后来闲暇之余锻炼，常常打此经过，每次都要驻足停留，天真地奢望着：如若时光不老，永远停留在初见时该有多好啊！

人生漫漫，人来人往，上演着一个又一个悲欢离合的故事，那么绵长的日子，有多少人和故事从中走过，渐行渐远渐无书。回首细数，有谁能从生命的起点伴我们走向生命的终点？有谁经年以后还是初见的美好模样？总有一些人，本是散散淡淡地交着，结果交着交着就走了心；有些人一见如故，用心用意地交着，最后却消失在茫茫人海中。曾经某扇窗后点亮黑夜的明灯不知什么时候熄灭，多少海誓山盟的不离不弃不知何时淡了散了，有多少初见时的热情也不知什么时候冷淡，甚至如川剧中“变脸”，快得让人不敢相信。还有那曾打着友谊旗号的恶意中伤，那说谎话毫不脸红还能笑意盈盈，让你如鲠在喉，见识着人性的善变和虚伪。

来来往往的人和事，有美好，也有丑恶。真真假假，虚虚实实，难辨真伪，不知到底谁才是值得信赖的朋友？世事多变，记住该记的，忘掉该忘的，把那些不快的事自动屏蔽、删除。

风还在继续吹着，柳树上最后一片枯叶依依不舍地离开了枝头，在风中转啊转啊，最后慢慢飘落在一个角落里，那是倦了的蝴蝶吗？如此凄美。但我知道，若到来年春又到，柔柔的春风一吹，绵绵的细雨一洒，这些貌似没有生命迹象的枯木，又会发芽开花，焕发出勃勃的生命力。只是那些远去的人和事啊，再也不会回来。应该明白，时间是一剂神奇的良药，曾经的有些美好在念念不忘中终会忘去，曾经的某些心结也会在耿耿于怀中释然。无所谓怀念，也无所谓原谅，因为往事已矣，同样的故事还会在以后的生活继续上演，只是换了人物。

再美的花也会谢，再圆的月也会缺，走过此时，便已成了过往。人生面前，我们都是匆匆的过客。生活中，毕竟美好的、令人感动的事物更多，所以，我还是愿意热情地拥抱生活，相信人世间的真善美。也许，当我老了以后，我会忘记一些不快，只记得初见时的美好。

第五辑　心声淼淼

疫情下的网课

经历过2003年的“非典”，经历过2008年的汶川地震，都没能像庚子鼠年这样难忘。一场来势凶猛的新型冠状病毒肺炎，打乱了人们正常的生活、学习、工作秩序，使得工厂无法正常开工，学校无法正常开课，这种全国型的大面积隔离更是史无前例。于是，我们第一次拥有了一个特殊的年，拥有了一个漫长的寒假。

幸好，有互联网为我们提供方便，不仅满足我们日常生活需要，还可让我们实现居家网上办公、教学。各级教育部门发挥“互联网 + 教育”的优势，推进线上教学工作，实现“停课不停教，停课不停学”的教学目标。疫情之下，我们每天除了完成教学任务外，剩下的大量时间，应该教给学生什么，怎么引导学生从这次疫情中思考一些平时觉得抽象、难以思考的问题，比如生命的意义，比如敬畏生命，比如我们如何与大自然和谐相处，谁是我们真正的偶像、崇拜的英雄？我们从中吸取了什么，学到了什么？这些都是作为老师应该思考的。

作为一名小学班主任兼语文老师，除了教学，更有培养学生如何做人处事、树立正确的人生观、世界观、价值观的育人责任。现在的孩子生活条件优越，没有经历过挫折，家长也总是把最好的给孩子，舍不得让孩子吃苦，舍不得对孩子说“不”。孩子也习惯了得到，不知人生的道路曲折，也不知道如何去关爱感恩他人。现实是最好的教科书，我们完全可以调整思路，充分利用居家时间，变被动封闭为主动突围，把劣势转化为优势。

搞好学生思想教育，端正思想态度。生活即教育，社会即学校。这次疫情的严重性是我们从未遇到过的，政府号召大家尽量在家不出门，避免交叉传染。长时间的隔离，大家心里容易产生焦虑、烦躁等不良情绪，加上我们处于一个信息大爆炸的网络时代，信息良莠不齐，泥沙俱下，难以甄别，稍不留意，很容易被别有用心的人带跑带偏，如果家长说话再不注意，我们不但没有起到正面教育作用，反而起负面影响作用，学生会产生抱怨、敌对心理。为此，我在班级群里帮助同学们调整心态，提醒大家如何正确理性看待一些消息，不信谣、不传谣，转发正规媒体的正面消息，教育学生树立积极健康的心态和战胜疫情的信心。

病毒无情，人间有爱。在这场没有硝烟的战争中，坐镇武汉指挥抗击疫情的钟南山院士，不顾安危亲赴疫区看望鼓励一线人员的李克强总理，巾帼不让须眉的古稀之年的李兰娟院士，奔波在最前线的患有渐冻症的金银潭医院院长张定宇，那些抛家别子、不顾生死、前往武汉抗疫的逆行医护人员，还有那一份份按着鲜红血印的请愿书，来自祖国各地的一份份真诚援助……让我们看到了责任和担当，看到了什么是舍小家顾大家的爱国情怀。这正是对学生进行思政教育、爱国教育、生命健康教育的最佳时机。

以读为底色，以笔为利器，上好亲子共读课。作为一个老师，深知“身教大于言传”的重要性，特别是长时间和父母一起居家隔离，父母的态度对孩子的影响非常大。每天我除了给学生布置练字、读不少于一个小时的课外书，让学生修身养性，沉下心来外，同时把家长带动起来，与孩子一起“亲子共读”，真正做到陪伴孩子。也为了不使阅读流于表象，学生按要求做好读书笔记，在班级微信群里展示。

除了自己身体力行，居家阅读，写读书体会，写疫情下的生活感受外，开展“学生拉家长，家长拉社会”的小手拉大手活动，带动家长、学生参加“居家阅读”“线上抗疫”征文，通过唱歌、朗诵、绘画、书法、手抄报等多种形式，表达对英雄的敬仰爱戴，对疫区武汉的支持，增强学生凝聚力，激发学生的爱国热情。在参加“居家阅读”时，学生能结合自己，结合实际，结合这次疫情来谈，感受深刻。因为是有感而发，有话可说，因而文章比平时更有深度和内涵，凝聚起共克时艰的正能量。

任何事物都具有双面性，就像这次疫情下的课堂，我们同样可以发挥互联网的优势，变不利为有利，让现实社会这本鲜活的教科书走进课堂，让线上学习更丰富更精彩，在这非常时期，不但起到稳定人心的作用，还起到平时做不到的教育作用，具有深远的教育意义和社会意义。

静待，未必等来花开

美国教育家泰曼·约翰逊说："成功的家教造就成功的孩子，失败的家教造就失败的孩子。"清代申涵煜说："爱子不教，犹饥而食之以毒，适所以害之也。"在教育孩子上，父母要把握好一个度，既要避免溺爱，也要避免放任自流。溺爱是灾难，放任又何尝不是一种害？

星期一早自习，数学老师发现王悦没到校，就让班长到办公室给家长打电话。班长说电话通着，就是没人接。我在班级微信群里又问了一遍，还是没人回答。怎么回事呢？也没请假，心里一直不安。过了一会儿，我又给王悦妈妈打电话，铃声响了很久才有人接，一听就是睡意蒙眬。我问是不是还在睡觉？对方说是的。我问孩子怎么没到校，她说她没在家不知道，打电话给问问。

一会儿，王悦来了。我问王悦怎么回事，王悦说早上六点半就起床了，肚子疼，去诊所打针了。

"你和谁一起去的，怎么不请假？"

"我一个人去的。"

一听这话就不可信，我继续问："一个人？大人呢？哪家医院开这么早的门？"

"爸爸妈妈还没起床。那人是我爸爸的一个朋友，以前去过的。"

刚才她妈妈不是说没在家吗？我想确认一下："你妈妈在家吗？"

"在家。"

"那你妈妈怎么说没在家？"

"我爸妈都在。"

我不想再追究她妈妈的事，继续问道："有开这么早的门吗？"

"有，就是开了。"

"啥病，医生给你开的处方呢？"

"他让我中午去取。"

"当时不给中午去取，不可能吧？那家诊所在哪里，开这么早的门？我和你一起去。"

王悦一听这话，知道自己撒的谎没法圆了，就说："老师，我错了，我没去诊所，我睡忘了。"

"老师当然知道你睡忘了，迟了把情况说明就行，还能错上加错撒谎？"

"我以后再也不了。"

既然孩子已经认错，我也不再追究，让她回教室上课。

王悦走后，同办公室的朱老师问我她家是不是在菜市场住着？我说是的。朱老师说，有天早上，她起早在那买菜，王悦问卖菜的房客阿姨借 10 块钱买早点。卖菜的阿姨对旁边的人说："唉，这娃子可怜，没谁管，父母天天早上睡大觉，孩子自己起床，然后问我借钱买早点，再自己去上学。"

我听了心里很不是滋味，难怪经常没作业，自律性差，爱撒谎。上次考试居然迟到了 37 分钟。父母是孩子的第一任老师，是孩子的引路人，父母的言行直接影响着孩子，父母缺乏责任心，撒谎，没有正确的教育方法，你还能指望孩子会怎样？

有人说："每一个孩子都是一颗种子，迟早都会开花的。我们要静待花开。"我想，这只不过是人们一厢情愿的美好愿景，并不是每一粒种子都会发芽开花。一粒种子从发芽、生长到开花这个漫长的过程，是要经历很多的，能否开花也是需要很多条件的。即使开了花，长在荒野里自生自灭的花和花圃里园丁浇灌的花能一样吗？

孩子，改了就好

是人就会犯错误，大人犯错都可原谅，何况正是调皮时的孩子呢？

早上放学，我正在办公室收拾准备回家，班长带来了马壮壮和王欣欣。马壮壮噘着嘴，一副委屈的样子；王欣欣低眉顺眼，一边挪着碎步，一边怯怯望着我，一看就知道闯了祸。

我问怎么回事？班长说："放学站队时，王欣欣用绳子勒马壮壮的脖子，宋老师让我把他们带到这里请您处理一下。"

我先看马壮壮的脖子，果然脖子是红的，能看到被勒过的痕迹，我问马壮壮疼吗？马壮壮说疼。我又问用什么勒的，马壮壮把攥在手里的绳子递给我。我一看吓了一跳，是一根虽细但很结实的尼龙绳子。他们已是十一二岁的半大孩子，手上都有一把力，用这种绳子勒脖子，是很容易出危险的。按说这么大的孩子，对做事的后果都有一定的预见性，何况每周二早上的班队会，专门讲安全纪律卫生。另外遇到问题，都会就事再讲的，怎么还会出现这样的事呢？尤其搞清放学站队时，王欣欣突然用绳子勒马壮壮的脖子后，着实让人后怕。

我让王欣欣给家长打电话，让其家长带马壮壮去医院看医生。王欣欣一听，大哭，死活不肯，嘴里不断求饶："老师，别给家长打电话，我以后再也不了。"

我觉得又可气又可怜，他经常犯错，每次嘴上认错表示悔改，过后依然是"外甥打灯笼——找舅（照旧）"。

"你知道这样做的后果吗？"我问王欣欣。

"知道。"

"既然知道，为啥还要做？家里钱多？"

王欣欣一边摇头一边哭。他正好是我帮扶的对象，去过他家租的房子，对其家庭状况比较了解，对孩子自然更了解，情商高，平时说话也暖人心，感觉挺懂事的，就是管不住自己，上课话多，爱和同学闹矛盾。我继续说："东西损坏了，可以赔偿，人要是哪里出了问题，那是无法弥补的。"

"老师，你原谅我一次，我以后真的不敢了。"

估计他也知道这次把祸惹大了，真的害怕，目的达到就行，我准备给他台阶下，转问马壮壮："你现在怎么样？"

马壮壮说："还有一点点疼。"

我看刚才的红印已经消失，知道问题不严重，就说："你先回家，要是不舒服，就让爸爸妈妈带你去医院看医生，然后老师给你处理。"

马壮壮走后，我放缓了语气："为什么要去勒马壮壮的脖子？"

"我只是和他闹着玩。"

"玩要有分寸，万一失手了怎么办？你们人大了，力气也大，已不是小孩了。以后干啥一定要过脑子，别再干傻事，让你的父母操心。"

"知道了。"

"今天的事我就不告诉你的家长，但你要保证以后一定改，别再像以前一样，男子汉说话要算数哦。"

“谢谢老师！”

“把眼泪擦了，赶紧回家吃饭，别在路上玩，你奶奶肯定等急了。”

“好，老师我走了。”王欣欣一边擦眼泪一边没忘和我打招呼。

我心一下软了，有些心疼。到底是孩子，不管有多调皮，纯真是本色。何况老师和父母一样，哪有不原谅学生的呢？其实，当我看到他认识到错误的那一刻，心里已经原谅了，只是希望他能从行动上改正，以后能多把精力放在学习上，让父母少操点心。

修正复印件时别忘了原件

有人说，子女是暂时寄放在父母那里的天使，迟早是要飞的。遗憾的是，有不少父母把子女当做私有财产，随意打骂处置，更以爱的名义，发泄自己的情绪。

国庆收假第一天，早自习朝读，我转到教室后面，发现姜浩右脸有两条长长的抓痕，痕迹特别明显，但能看出已经好几天了，可以推断当时抓得比较严重。最让我揪心的是，眼皮上也有一点点抓痕。这太危险了，万一抓坏了眼睛怎么办？那时后悔也来不及了。不用问，十有八九是家长干的，这种情况已出现多次了，我也找家长谈过，但收效甚微。

我问姜浩："脸上怎么回事？"

姜浩睁着一双大眼睛，小声说道："我妈妈挖的。"

果然不出我所料。我继续问道："为什么挖你？"

"放假第三天，我妈提醒我写作业，我没写。第四天，我妈又提醒我，说晚上检查。然后她又让我关窗子，我去关窗子就忘了写作业。晚上我妈检查作业时，我才想起来我还没有写作业，我妈非常生气，就打我。我爸听见了，过来踢我妈，把我妈腿踢了这么大一个包。”姜浩比划着，眼睛里满含泪水，“我妈哭了，她现在还在生我的气。”

“你妈提醒你几次去写作业，你都忘了？”

他的头低得很低，声音更是低得近乎耳语：“是的。”

“你现在准备怎么办？”

“我想好好表现，让妈妈原谅我。”那一双含泪的大眼睛里充满了无助、后悔，我能感受到他内心的自责、孤独，完全忘了他平日的顽劣，只觉得他此时好可怜。我抚摸着他的头，安慰道：“我知道你心里很难受，你能这样想，说明你已经认识到自己的错误，妈妈知道了，她一定会原谅你的，也会很高兴的。”

他点了点头。

“男子汉说话要算数，以后一定要好好学习，别再让妈妈生气了，好吗？”

“好！”由于得到倾诉，他心情明显好了一些。

我的心却无法平静，一直在思考，我们每个人刚到这个世上，都如天使一样纯洁可爱。但由于父母性格、认知、格局等原生家庭的差异，导致孩子在成长过程中差别迥异。随着年龄不断增长，这种差别也越来越大，最后走向完全不同的人生道路。当孩子出了问题时，往往家长不从自身找原因，而是一味怪罪责罚孩子。曾看过这样一句话：复印件出了问题，是修改原件还是复印件？答案不言而喻。但若用在教育孩子上，大多父母都会犯糊涂，完全忘了孩子就是父母的复印件，问题的根源出在父母身上。

就像姜浩一样，父母背井离乡，千里迢迢从外地来到安康做小本生意。父母二人文化程度不高，脾气暴躁，夫妻关系也不好，经常打闹，而且双方都有因为生气而离家出走的记录。由于家里有两个孩子，平时教育管理孩子二人做了分工，一人管一个，不属于自己责任的，基本不管。他们完全没有意识到这是教育自己的孩子，不是做家务，这种家庭生长的孩子心理怎会健全？难怪孩子那么瘦小，见人怯生生的，说话声音很低。但一旦背过家长老师，又极为顽劣，是一个让所有任课老师都头疼的问题孩子。

我时常想，一个人从出生到死亡，这一生有很多证件，唯独做父母这样一项漫长而又艰巨的工程却不需要证件，只要愿意，随时都可以。也许正因为如此，才生产出很多不合格的产品。身教大于言传，要求孩子做到的，父母首先要做到，给孩子树立一个榜样。一旦孩子出现问题，要先从自己身上找原因。原件好了，何愁复印件不好？

别让轻信冤枉人

大约没有哪个家长愿意看到自己的孩子吃亏，因而一听孩子和同学闹矛盾吃了亏，家长就会失去理性判断，不去细想这话里有多少水分，从而做出一些不理智举动。

晚上，李嘉豪家长在班级群里质问张桥，为什么向李嘉豪要 2 元钱？张桥说："他要给我，我没要。"因为我对此情况不了解，就没发表意见。

第二天早上，我把李嘉豪和张桥喊到办公室，问是怎么回事？张桥说："他说给我 2 元钱，让他抄作业。我没要，也没让他抄。"

我又问李嘉豪："是不是这回事？"

李嘉豪倒还诚实，点头说是。

我耐着性子问："人家没拿你的钱，为啥回去给家长说张桥问你要钱？"

他不吭声。

我又问他：“知道自己错在哪里？”

“不该给我爸说张桥问我要钱。”

“还有呢？”

他一脸茫然。

我又给他指出：“首先抄作业就不对，然后还提出给人家钱，这是第二错。最严重的是错上加错，诬陷同学，你觉得自己的行为好不好？”

“不好。”

“知道不好就要改，以后不能再犯这样的错误，你给张桥道个歉。”

这时张桥才说昨晚他妈妈把他狠狠地打了一顿，身上都是青的。我看了他身上的痕迹，很是心疼。我多少也能理解他妈妈的心情，学习不好事小，人品出了问题绝不是小事。我想张桥心里是多么委屈啊，被同学冤枉，又被妈妈冤枉，我不能再忽视他内心的感受了，好好安慰了他一番。

然后，我在群里把情况简单说了。一是想在群里给张桥“平个反”，二是想让李嘉豪家长道个歉，但没说张桥挨打的事，谁知李嘉豪家长说了一句“没事”。我大跌眼镜，这话怎么也不是由你出口啊。幸好张桥的家长通情达理，比较大度，要是换了爱计较的家长，不是矛盾又要加深吗？为了教育学生怎样正确解决一些矛盾，我就问学生：“张桥和李嘉豪的事情已经搞明白了，同学们说现在应该怎么办？”

学生齐声说：“李嘉豪给张桥道歉。”我又问同学们有没有看李嘉豪家长的回复，同学们都笑着说看了，我问笑什么？学生说：“李嘉豪家长应该说‘对不起’，‘没事’是张桥家长说的。”看来学生并不糊涂。

兼听则明。当孩子遇到问题时，家长一定要冷静，先弄清事情的来龙去脉，切不可听信一面之词，做出错误的判断，要么纵容孩子，要么冤枉孩子。而且家长处理问题的态度、能力也会直接影响到孩子。活到老，学到老。教育是一门艺术，需要不断学习，希望家长和孩子共同学习、共同成长。

江南水乡我的梦

春天的黄昏请你陪我到梦中的水乡
那挥动的手在薄雾中飘荡
不要惊醒杨柳岸那些缠绵的往事
化作一缕轻烟已消失在远方
暖暖的午后闪过一片片粉红的衣裳
谁也载不走那扇古老的窗
玲珑少年在岸上守候一生的时光
为何没能做个你盼望的新娘
淡淡相思都写在脸上
沉沉离别背在肩上
泪水流过脸庞
所有的话现在还是没有讲
看那青山荡漾在水上
看那晚霞吻着夕阳

我用一生的爱去寻找那一个家
今夜你在何方
转回头迎着你的笑颜
心事全都被你发现
梦里遥远的幸福
它就在我身旁

音乐就是这么神奇，具有无法言说的魔力。优美的歌词，动听的旋律，清丽的笛音，温婉的歌喉，能唤醒你身上沉睡的每一个细胞，让听歌的人，不管身在萧萧的塞北，还是彩云的南端；不管是置身炎热的盛夏，还是凛冽的寒冬，只要音乐响起，思绪便会随着音乐越飞越远，飞到风景如画的江南水乡。

春天的江南，细风软柳，清新明媚，金黄的油菜花铺满一望无垠的田野。曲曲折折的小路在田间迂回穿梭，晚霞映红了天空，清凌凌的小河边，依依杨柳在春风中微微飘荡，道不尽的万种风情。岸上，一翩翩白衣美少年在金柳下吹一管玉笛，笛声掩不住少年淡淡的惆怅。不远处，有一扇朱漆花阁的窗户半掩着，一位身着粉红衣裳的妙龄女子被笛声吸引陶醉，脉脉望着白衣少年。少年突然回头发现了女孩，女孩躲避不及，四目相视，少年莞尔一笑，女孩羞红了脸，急忙关窗逃遁。少年呆呆望着紧闭的窗户，若有所思，最后怅然离去。

最早唱这首歌的是陈红，当时并没引起多大的反响，后经江珊翻唱，顿时红遍了大江南北。老实说，在歌坛众多歌手中，江珊并不是特别出色的一个，但这首《梦里水乡》她唱得缠绵悱恻，荡气回肠，成了经典。那欲说还休的轻婉哀愁，那欲罢不能的淡淡相思，才下眉头，却上心头。我时常独自一人反反复复循环听这首单曲，幻想着自己飞越千里之外，去看江南的小桥流水、朱廊画舫，去看江南的烟雨濛濛、渔舟唱晚，更想邂逅江南撑着红油纸伞的丁香姑娘，或满腹经纶、一袭白袍的翩翩美少年，去见证才子佳人的浪漫邂逅。

记得那时我刚参加工作，小镇广场的电线杆上装了一个高音大喇叭，喇叭一响，方圆几里都能听见。那段时间，大喇叭经常下午播放这首歌。机关干部白天下乡未归，我一个人守着偌大的院落，静静地听着，任江南的潺潺溪水从我心田缓缓流淌。尽管我所在的地方也是水乡，多年后，被评为“中国十大宜居小镇”，成了很多人梦中的远方，但歌中描绘的水乡依然让我着迷。梦里，总有伊人凭窗而望的茕茕孤影；杨柳岸，总有少年深情回眸的期盼。

多么令人神往的江南水乡啊！那是盛开在我心底的一朵青莲。那清亮悠扬的笛音拂过耳畔，有种高山流水遇知音的怦然心动。

太多的美景美人和浪漫故事，给江南增添了无穷的魅力。只是时光凋零了花瓣，终究情深缘浅，走不回江南的梦里，空负了光阴，未能用深情织就一帘清欢。经年里，可否有过回忆和遗憾？那《蒹葭》里走出的如诗女子，可否成为了她如意情郎的最美新娘；那衣袂飘飘的玲珑少年，可否娶到了他心爱的姑娘？时光若能回头，结局是否可以改变？时光如流水逝去，春天的浪漫悄悄散落在光阴里，印记在秋天的眉痕间，而江南的水乡却永远留在我的梦里。

最是书香能致远

“书籍是全世界的营养品。生活里没有书籍，就好像没有阳光；智慧里没有书籍，就像鸟儿没有翅膀。”“书犹药也，善读之可以医愚。”关于读书的妙处中外大家俱已述之。一个人也好，一座城市也罢，不管外表有多华丽漂亮，若没有深厚文化底蕴的积淀支撑，终究像一个暴发户，让人觉得肤浅粗俗。只有书香才能从本质上提升一个人、一座城市的品质。

春节期间，作为家庭主妇的我，连日在厨房餐桌上操作忙碌，丰盛的美食，繁缛的迎来送往，令人身心俱疲，急需一处安放抚慰灵魂的圣地，而文字就是一剂上好的良药，可安抚，可疗伤。正月初六，新年伊始，寒风料峭，难得偷得浮生半日闲，一大早，我顶着寒风前往安康东大街阅读吧。

安康东大街阅读吧分馆是继安康阅读吧后又一家 24 小时自助书屋，刚刚修葺一新的书屋在陈旧楼房的衬托下，令人人眼前一亮。到达目的地，我轻车熟驾地用身份证在刷卡处轻轻一刷，开门进去，顿时一缕书香伴着融融的暖意如春风扑面而来，把屋外大街上车水马龙的喧嚣和春寒的冷拒之门外。略定了定神，仔细环顾打量，阅读吧面积不大，内外两间共 70 余平方米，但布置的温馨雅致。门口摆放着一台自助借还机，上面详细介绍了借书、还书和续借流程，非常方便。自动借阅机内容丰富，报刊杂志、各类图书，如经典名著、历史军事、人生哲学……应有尽有，操作简单，需要什么，在上面轻轻点击即可。此时，两名女孩正在借阅机前挑选自己喜爱的书籍。

墙上贴着“24 小时自助图书馆图书借阅制度”“24 小时自助图书馆报纸、期刊阅览制度”，对读者借阅图书，使用相关设备做了详细规定。此外，还贴了一些关于读书的名言名句。最暖心的是空调下面的一则提示：夜深了，如果您是最后一位离开，请将空调关闭，节约用电是我们每一个人的责任！

为了充分利用空间，除了四周满墙的书架，外屋中间还做了一个装饰性的书架。书架上摆满了色彩艳丽、图文并茂的少儿读本。原来外面这一间是电子借阅区、低幼绘本阅览区、少儿阅览区。书的种类真不少，最吸引我的还是《小猪佩奇》系列，小猪佩奇可是网红，老少皆知。想想小时候为看一本图像不清的黑白小人书替同学做值日、写作业的情景，感到现在的孩子太幸福了，真是羡慕他们。

我突然童心大发，忍不住拿了一本《佩奇去超市》翻看，小猪那憨态可掬的模样令我心情大悦，仿佛回到了童年时代。再看看在座的小朋友每人手捧一本心爱的读物，看得那么入神。还有一位年轻的妈妈，怀抱两岁多的宝宝，指着书上的图画，尽量压低声音给宝宝讲着。你看，宝宝的神态是那样安详专注，完全陶醉其中了。

更欣喜的是，里面有三位是我的学生和一位陪同孩子的家长。正对着我的是熊秋睿，他聚精会神地看着《中国通史》，桌上还放了一本《武器世界》。可能是我特别重视阅读的原因，我的学生大都喜欢阅读。春风化雨，润物无声，陪伴孩子，与孩子共同成长，是爱孩子的最好方式。我露出了欣慰的笑容，没有打扰他们，悄悄走进里面的成人阅读区。

临街一面放置桌椅，已是座无虚席。除了王庭德书友会的两名会长，还有白发苍苍的老人、年轻情侣，更多的是中学生，桌上放着参考资料，一边翻阅，一边在本子上记录。有一位戴眼镜的中年男子，一手插在口袋里，一手摸着下巴，在书架前寻找，我急忙拿出手机，拍下了这精彩的瞬间。

书的种类真多，除了文学名著，有养生类、管理类、育儿教育类等不一而足，特别是红色封面的《辉煌四十年》非常抢眼。我拿了一本，刚好有人离开，我就见缝插针坐在窗边。窗外，四周各种小吃的香味不时飘来。一女孩拿着羊肉饼边走边吃，走到阅读吧这里，突然停了脚步，透过明净的玻璃窗向里探视，大约在这美食遍布的闹市区，有这样一处安置灵魂的清静书吧，有点意外吧。我心里不由得对决策者点赞。安康东大街是一条美食街，食物滋养我们的身体，书籍滋养我们的灵魂。阅读吧给美食的香味再增一份墨香，再添一份雅致，让市民的身体和灵魂得到同步滋养。

回想短短几年，我从一名不知图书馆在何方的精神匮乏者到频繁出入图书馆、阅读吧的阅读爱好者，见证了自己和身边人群精神风貌的变化，更见证了安康日新月异的大发展，这都得益于阅读。

腹有诗书气自华，最是书香能致远。一个热爱阅读的人，一定是趣味高雅的人；一座热爱阅读的城市、一个书香遍布的城市，一定是富有希望的城市。让我们爱上阅读吧，愿这书香的气息飘溢在安康的大街小巷，飘荡在秦巴山区的山山岭岭。

破案记

奥运会上，有一竞赛项目叫“五项全能”。作为一名小学班主任，需要样样都能。除了教好学，还需要能歌善舞编排节目，懂点医学常识处理突发性的常见疾病，懂得心理学做好学生的心理疏导，做一个破案能手，提高办案效率。

小学生的案件一件接一件，别看都是一块橡皮、一支笔这些芝麻小事，但在孩子眼里都是大事，必须查清楚。做老师的也不敢马虎，生怕孩子养成不良习惯，贻害终身。

这不，星期四早上刚破了一件丢钢笔的案子，晚上李静的家长就在群里问谁看到李静的电话手表了？许多家长表示孩子没看见。我并不知此事，只能说明天去学校调查了解。

第二天，因为学校搞活动，很多同学包括李静要去训练，我就简单问了一下情况，她说昨天早上放在抽屉里，放学就没了，说完就去训练了。我以为课间有人恶作剧拿了，就问教室里的学生，都说没看见。因为当事人不在，我无法知道更多的细节，只好作罢。

晚上，李静家长又在群里说让我给查，我做了解释。星期一继续查问。其实之前多次强调，贵重东西不要带到学校来，万一带来了要保存好，不要乱放。丢了东西，第一时间要报告老师，一旦学生放了学，再去查，难度相当大，何况还过了周末，我心里没一点底。

星期一早自习，我又详细寻问此事，问她是否确定早上把电话手表带到了学校？她十分肯定地说，带来了，同桌也看见了。得到同桌的肯定后，我问最后一次是什么时候看的表，她说 11 点。我心里马上有了底，说："再有 20 分钟就要放学，这个过程是不可能有谁拿你的电话手表。那有没有可能，你把表掉到座位底下了？"她又否定："没有，我在地下找了。"

有同学说："电话手表是捆绑的，别人拿去没用，像一块废铁。"

"那一定是你放在书包或口袋里，没有放好，掉到路上了。"

又有同学说："老师，李静她妈妈的手机提示，那块电话手表在鼓楼街 210 号，卖夜市的地方。"

我问李静是不是，李静说是。哎，一天这么忙，最近几乎天天加班，知道电话手表的下落不说，非要让我在班上查，难怪在班上查来查去查不出。学生在学校的事找老师，校外的事也找老师，老师有那么大的能耐吗？尤其是隐瞒实情，让老师浪费时间精力去追查一个不可能会有结果的"案子"，是不是不合适？我忍着不满，继续问："咱们班的同学有没有谁住在 210 号，或亲戚住在 210 号的？"

"没有。"学生纷纷摇头。

"那让你妈去 210 号问一下，注意说话语气，不要在人家正忙的时候去找……"我交代了一大堆，具体怎么说都交代了。

后来，也确实在 210 号找到了电话手表，事情也算是圆满解决了。但真心希望家长和社会对老师能多点理解，老师真的不是万能的。

出书记

接到书已印好的消息，我没有丝毫的兴奋。从整理到出书，已近两年，我最初的兴致与期待，早已在磕磕绊绊、兜兜转转的漫长等待中消耗殆尽。有人开玩笑：“你出一本书就像生娃子一样难。”我笑着说：“比生娃还恼火，生娃怀胎十月，我这已经两年了。”

小时候，对能写文章特别是出书的人崇拜有加，觉得他们很了不起，从没想过有一天，我也会出书。等到自己出书时才知道，写书不易，需要花费大量的时间精力。书写出来了，出书更难，需要投入不少的财力。书出来了，卖不出去，堆到家里也是烦。这些问题是看见的，还有很多看不见的，就是和出版社的编辑交流沟通。个中滋味，只有自己清楚。

我是一个文学爱好者，从小喜欢看书，中专开始写文章。刚参加工作那几年，时不时地有“豆腐块”在报刊上露个面。后来有了孩子，两边父母年事已高，常年有病，个人生活也是一团乱麻，写了，估计字里行间会带着情绪，干脆封笔。直到女儿上了大学，双方父母驾鹤西去，我才捡拾起闲置多年的笔。因为文章与大家见面的频率比较高，有人就建议我出书，还有人误认为我已经出了书。在大家的鼓励下，我才下决心出书，也算是给自己和关心我的人一个交代。

已过古稀之年的方琛老师主动给我做前期书稿的整理、编辑，然后帮我打听出版社、印刷厂，最后经过反复比较，选定了出版社和印刷厂。原以为我的文章都是自然界中花草树木和生活中的小事，不牵扯禁忌题材和语言，只需改改语法和错别字就行。因为是语文老师，对这两点还是自信的，编辑的工作量不会太大的。当印刷厂的设计师排好版发给出版社的编辑后，我满怀期待耐心等待。过了两个月还没动静，我终于忍不住发信息问，对方说在看着呢，因为还有其他事，所以速度比较慢。我也理解，就继续等。又等了一个来月，校对好的书稿终于发过来了。我一看，顿时傻了眼，上面密密麻麻的红色修改痕迹，我认真阅读了一下，有的地方改的还可以，但很多地方都是可改可不改的。仔细揣摩，感觉还是没有原来的意境好，还有的修改后已不是原来的意思了。我首先咨询出过书的老师，有的说，该坚持的要坚持，自己当年出书和编辑就争执了很久；还有的说，只有让改嘛，不改出版社过不了。经过几次沟通，除了修改后意思改变的，都改了回去，其余的还是按编辑的意思。没办法，我心里虽然不高兴，但不得不接受。我想，这次改了这么多，后面不会再这样吧。

又过了两个月，编辑把二校寄过来了。我翻开一看，又懵了，怎么又是满篇的红色修改痕迹？我对我的书面表达能力产生了很大的怀疑，也对我该不该出书产生了质疑。开弓没有回头箭，大船已放到河中心，只能向前，没有退路。我心不甘情不愿地接受了二校。这时，北京一位凌姓出版人找到了我，对我的文章比较感兴趣，他希望来做我的书。我是一个怕麻烦的人，不想因为中途改变导致一些事情需要沟通调解，但了解一下还是有必要的。凌老师对我提出的问题耐心解答，也极力劝说我和他合作。

想到出书的种种不易，思考了两天，我答应了凌老师。然后又开始了一个烦琐复杂的沟通，果然很麻烦，因为有些专业术语不懂，凌老师就直接和编辑沟通。到底是正儿八经的出版人，做事雷厉风行，以前每次是我催促别人，现在轮到别人催促我了。凌老师希望尽快，争取 11 月份书能出来。编辑明确表示不行，只能往后推，看元旦。拖着拖着，等编辑三校完了以后，政策已发生了变化，国家加大对图书出版的审查监管，需要五校。第四校是主任，这一看又是杳无音信，不是出差就是要升职称，忙得顾不上我这边了。其间凌老师不停催问，对这种办事效率和工作态度很不满。好不容易发给我了，又是一片红，凌老师很不高兴，说："这种文章改个病句错别字就行，为啥要把人家的东西乱改？"

我把凌老师的话转发给了编辑，编辑说："最后是社长，领导忙，估计不会改很多。"我心里祈求但愿如此。这一次是比较快，但依然改得很多，我已经麻木了，凌老师由开始的抱怨到现在的无奈："当初就是看你文章有自己的特点，现在改成啥了？哪有特点了？难道王宗仁老师的水平没他们高？也是次次改，以后我给你重出。"我默默无语，早已无话可说。对照定稿的文章和我的原稿，已经面目全非，又无能为力。事已至此，我早已没了当初出书的兴致喜悦，只求完成任务似的，早点把书出了，我也解脱了。

但是因为我是外省印刷，所以还需报省出版局，出版局再报省委宣传部，宣传部审核过了，才能开委印单。自己能掌握进度的都拖了一年多，这管不了的，不知又要拖多久。我已无颜面对大家了。之前不了解，听他们说快了，就真的以为快了，所以有人问我书什么时候出来，我居然也告诉人家快了，后来有人开玩笑："只听楼梯响，不见美人影。"我只能尴尬地笑笑，最后再有人问，我就说："不知道，想哪一年出来就哪一年出来，不管了。"这既是气话，也是真心话，我能管得了吗？我这运气还不是最差的，那些需要自己销售的不知还要经历些什么？

书终于出来了。我找了车去物流把书拉回来，打开一看，顿时傻了眼，封面不是我先前看到的。这是什么情况，是谁什么时候改的我都不知道，我是空气，不存在？关键是先入为主，我很不喜欢这个封面。我打电话询问，凌老师说以为我知道，出版社张老师说我同意的。难道我糊涂到这一地步，有没有看到图片都记不住了？事已至此，一切都毫无意义，出书没有给我带来快乐，反而是郁闷。

经历了才知道，给书稿找出版社就像姑娘找婆家一样，是讲缘分的。若文字符合编辑胃口，则顺风顺水，皆大欢喜；反之，后期磕磕绊绊，糟心的事不少。有两家出版社年前就在催第二本书，我心有余悸，一直不敢再动，我还是先缓口气再说吧。

一条红围巾

总有一些记忆，让人无法忘却；总有一些感动，温暖了时光。

一学期终于结束，给学生发完成绩报告单、奖状奖品，强调了假期学习生活及安全注意事项后，把学生送出了校门。回到办公室，发现办公桌上有一个纸袋，打开一看，是一条红围巾，不用多猜，十有八九是即将转回河南老家的学生徐浩森送的。学生下楼站队时，他在后面磨磨蹭蹭，最后才到，估计是等机会吧。

一会儿，徐浩森妈妈带徐浩森来向我道别，言语中，满是感恩感谢我对孩子的教诲。她说："孩子不想走，多次问，'妈妈，我们能不能不走？'其实我们也不想走，想让他在这里上，遇到一个好老师真的不容易。回去了，想再遇你这样的老师怕是很难。但生意不好做，一直亏损，不走不行。遇到你这样的好老师，是孩子的福气，你比我们家长付出的都多。孩子调皮，给你添了不少麻烦，你对孩子的好，他心里都知道，我们不会忘记，孩子也不会忘记。"说着说着，家长的双眸闪着泪光，孩子的眼泪滚了出来，我也忍不住流下了眼泪。

我安慰了一番家长，天下老师同心，和父母一样，希望自己的学生成人成才，会对孩子尽责的。我又鼓励孩子，过了年，又长了一岁，是个男子汉了，希望能尽快适应新环境，在新的学校好好学习，不断进步，做一个品学兼优的好学生。并相约，以后学习有什么困难或有了进步，可随时向我求助或分享。

然后我拿起那条红围巾说："你们的心意我领了，围巾我就不要了，谢谢！"孩子不知如何是好，家长说道："卢老师不要嫌弃，这个不值钱的，只是留个纪念，你放到那儿就行。以后看到了，还能记起你有这样的一个学生。"话已至此，我无法拒绝，赶忙打开抽屉翻找，在里面找了一支笔两个本子送给了徐浩森。最后，我和孩子及家长合了影。当我把合影发到朋友圈时，微友纷纷点赞留言。

的确，这是一个特别调皮的熊孩子。旺盛的精力不是放在学习上，而是恶作剧上。他经常拖欠作业，和同学打架，我们相处的过程就是斗智斗勇的过程。我监视着他，看他上课思想有没有抛锚，违反课堂纪律？他监视着我，看我的注意力在何处，对他的监管有没有放松？他是男生里少见的伶牙俐齿的学生，每次犯错误，只要没有现场抓住，就极力辩解，死不认账，态度很坚决。实在没了退路，才会承认。尤其问他要个作业太难了，要么干脆不交，要么交来一个空本子。问他，总有没交的理由。问急了，一副可怜巴巴的样子，让我感觉自己是那样不近情理，这样的学生怎会忘记？

热心助人和打架违纪、积极劳动和不讲卫生这样不可调和的矛盾不可思议地在他身上集中体现。如果有同学不舒服，不小心吐在教室里，其他同学要么不知所措，要么嫌脏，捏着鼻子唯恐避之不及。只有他二话不说，起身拿铲子去花坛铲土，然后掩盖打扫，最后再拖干净，就连铲子和扫把也洗干净晾在外面，怎不让人喜爱？刚刚做了好事，得到了表扬奖励，课间，和同学一言不合就开仗，也着实让人头疼。

由于劳动技能高，动手能力强，每次全校卫生大检查，最难处理的地方都是他主动去做的，也只有他做的才让人放心。常常放学的时候，我让学生将抽屉和座位下的垃圾清理干净，下楼站队时，顺便带下去扔到垃圾桶。等我转回教室时，呵呵，他的抽屉里总有一大堆纸屑、食品包装袋，真的是让人抓狂。

我是一个是非分明的老师，知道每位学生都有自己的特点，不唯分论英雄。学生好就是好，错就是错，不一棒子打死。三年级第一学期末，把他评为“班级劳动模范”，我买了奖状奖品奖给他。当喊到他的名字时，他是那样的意外，不敢相信自己的耳朵。直到同学催促，他才羞答答上台从我手中接过奖状奖品，转头又向同学们露出掩饰不住的自豪笑容。

铁打的学校，流水的学生。学生如冬去春来的候鸟，送走了一批又一批，随着时间的推移，总有一些学生，会慢慢淡出老师的记忆，但我一定不会忘记那个聪明调皮的小男孩，不会忘记偷偷送给我的红围巾。

第六辑　情愫悠悠

闯入童年的忧伤

都说童年是一首歌，歌里流淌着欢乐和幸福，而闯入我童年的是淡淡的忧伤。

一双烧焦的袜子

那双烧焦的尼龙袜子，总在我的眼前晃悠，一股股难闻的焦糊味飘过来。

我记事时，穿的袜子是线袜。按说纯棉袜子利汗，透气性好，皮肤不会过敏，是不错的材质。但由于技术原因，做工粗糙，容易褪色缩水变形，最主要的是不伏贴，刚穿上还好，一会儿袜口就变松变大，堆在脚踝处，不整齐也很难看。

后来，二姐三姐不知从哪里搜集一些新的旧的毛线头，精心搭配组合，织出漂亮的毛袜，冬天穿着暖和，也比线袜好看很多。但存在一个问题，太厚重，不伏贴，鞋要是大小刚刚好，脚就塞不进去，而且穿敞口单鞋不好看。那时，最向往的是拥有一双尼龙袜子。尼龙袜子薄厚适中，弹性好，穿在脚上伏贴不变形，至于舒不舒服，皮肤会不会过敏，全然不重要，也没有那个意识，只要好看就行。

八岁时，我拥有了第一双尼龙袜子，那是亲戚送的。尽管我瘦小的脚丫穿上有些大，但我还是欢喜不已。这也招来了二姐三姐的羡慕和惦记，整天围在我身边套近乎，想试穿两天，当然，能够永远归她们更好。我毕竟人小，经不起她们的煽动利诱，最后，还是伶牙俐齿的二姐交换的条件打动了我的心。她将新织的毛袜给我，并承诺春天时给我织一副毛衣袖头。那时条件差，织不起毛衣，爱美的女孩就织一截袖头戴在腕上，上面衣袖盖着，特意露出一小截，既漂亮又时髦。我想象着春天脱下厚重的棉袄，穿上新年的花衣，袖口露出一截毛衣袖头，那是多么漂亮啊！我在美好的畅想中，痛快地答应了二姐与我交换的条件。

我清楚地记得那天是腊月二十二，母亲在做过年的豆腐。我们姊妹几个一边就着手提的小火笼烤火，一边等待母亲香喷喷的豆腐。二姐的心思压根儿不在吃上，不停地鼓动我，让我把尼龙袜子给她。当我答应后，二姐立即让我把袜子从脚上脱下，然后洗干净，放在火笼的提手上烘烤。二姐迫不及待的兴奋样现在我都记得：她乐着、唱着、憧憬着。在物质极度匮乏的年代，一双尼龙袜子对一个爱美的青春少女来说，诱惑力太大了。但谁也不曾料到，当我们还沉浸在各自美好的幻想中时，我们同时闻到了一股焦臭味，二姐急忙去拿袜子。一切都晚了，袜子烧了很大一个洞，洞的四周还在向外蔓延，很快，边缘就凝成了又黑又硬的棱。我哇的一声大哭，哭得撕心裂肺，口里声声逼着二姐“还我袜子，还我袜子……”二姐傻了眼，她已忘了哭，更多的是害怕和后悔，刚才还乐开花的二姐，脸已变了色。

母亲听到我的哭声，急忙过来。她一看就明白了怎么回事，气得抓起墙角的扫把打向二姐，二姐拔腿就跑。

母亲先是安慰我，看到烧烂的袜子又心疼起来，忍不住责骂我。直到天黑，二姐才回家。打是免了，一顿骂却是躲不掉的。我也为此后悔伤心了很久很久。

现在，我早已不穿尼龙袜了。长的短的、薄的厚的、丝的、纯棉的、木代尔的……各种款式质地应有尽有。女儿橱柜的抽屉里，单是及脚踝的袜子就满满一抽屉。回想那时却是感慨万千，尼龙袜子成了抹不去的记忆。

梦中的红凉鞋

梦中，我常常梦见那双红凉鞋。

小时候，穿的是母亲一针一线做的布鞋。尽管母亲的针线是远近出了名的好，但我还是向往从商店买的鞋。不过这对我来说，是很奢侈的事。

六岁那年夏天，有天中午母亲对我说："柜子里有双鞋，你去试试。"我以为是母亲做的布鞋，心里纳闷儿，这是什么时候做的，我怎么没看见？当我打开柜子时，心激动地差点蹦了出来，原来是一双红色的塑料凉鞋。这是我的第一双凉鞋，也是母亲第一次给我买鞋，激动的心情不亚于灰姑娘拥有了水晶鞋。在这之前，夏天一直是光着脚丫满地跑，左脚大拇指的指甲踢翻了好几次，现在都是一条竖线从中一分为二，留下童年的痕迹。

有年母亲买了一双凉鞋，让二姐和三姐轮流穿。二姐本来有些霸道，加上年长一些，自然穿得多。三姐虽然觉得委屈，但好歹也能穿一会儿啊。只有我，没有资格穿那双漂亮的凉鞋，只能眼巴巴地干看，哭着、缠着问母亲要凉鞋，家里哪能再拿出钱来买鞋？给二姐和三姐买的那双鞋已经是牙缝里挤出来的。我从小对美有着强烈的追求，那个哭啊，真的是伤心欲绝，晚上睡觉腮边还带着泪珠。后来，等二姐三姐睡着了，我偷偷从床上爬起来，穿着像小船一样松松大大的凉鞋，在屋子里扑哒扑哒走几圈，然后穿着凉鞋心满意足地睡了。哭闹归哭闹，知道家里确实再也拿不出钱来给我买鞋，我就再未向母亲提及此事。但我对凉鞋的向往母亲都看在眼里，记在心里，所以在我不抱任何希望时，母亲给了我一个大大的惊喜。

我上中学时，班上同学还是以穿布鞋为主。记得母亲在街上买了现成的塑料鞋底子，鞋帮用的是做裤子剩下的淡紫色涤纶，母亲一针一线地缝制，缝制出一双秀秀气气、漂漂亮亮的“组合鞋”。我穿到学校后，得到了全班女生的围观夸赞，我为母亲的巧手感到自豪。物理老师是本地一个高大清瘦的中年男子，衣着非常朴素，和当地的农民没有多大的区别。他脚上穿的要么是解放鞋，要么是手工布鞋。说句不客气的话，那布鞋不管从样式还是针脚来说，都做得不怎么样，看上去和母亲差得太远。那节物理课，我发现物理老师的目光几次看向我脚上的鞋，大约也是羡慕吧。

成人后，我有了男朋友，现在已是我的先生。当我第二次带先生去我家时，母亲就送了一双布鞋。上脚一试，大小肥瘦刚好，母亲真是神眼力啊。先生很喜欢，一直舍不得穿，这么多年了，母亲不在了，那双布鞋还在。后来，我有了孩子，又给我的孩子做了很多。我一直不是很喜欢布鞋，觉得没有买的鞋子款式好、洋气，母亲就很少给我做了。

后来，鞋的样式越来越多，越来越漂亮，但我还是喜欢那双红凉鞋。

失之交臂的新衣服

没有女孩不喜欢漂亮衣服的，尤其对我来说，更是有着不可抵挡的魔力。但我的童年恰恰缺衣少食，我的衣服大都是姐姐穿小了的给我。

除了过年时做一套新衣服外，平时是不可能再有新衣服的。

有年夏天，母亲在百货公司扯了几尺橘色布料回来，说给我做件新衣服。母亲还告诉我，让和我家关系好的德秀姑用缝纫机给我做，不用手工缝。天啦，天上掉馅饼了！这意外的惊喜让我激动地又蹦又跳。那布料的颜色实在太漂亮了，衣服样式我也想好了，把胸前剪开，然后扎成许多小小的折子，我在街上看到别人穿过，特别漂亮。再选几颗水晶纽扣，配上缝纫机车出来的细细密密的针脚，那该有多么漂亮啊！它穿在我身上又该会引起多少同伴们羡慕啊！

因为棉布容易缩水，所以做衣服前要浸个水。我用清水把布料浸湿，然后晾在外面的绳子上，隔一会儿去看一下，不是绳子上的小渣渣粘在上面，就是讨厌的小虫子粘在上面。我不厌其烦地清洗——晾晒，清洗——晾晒……二姐说，不用管，干了就没有了。我怎能不管呢，那么漂亮的布料，我不能容忍有半点污渍。如此反反复复，最后看想让彻底干净是不可能的，就只好放弃。结果真如二姐所言，干了以后什么都没有了。

布料刚一干，我不顾头顶上的日头正毒，就迫不及待拿着布料去德秀姑家。德秀姑正在午睡，我把我的来意说了，德秀姑迷迷糊糊地说好，让我把布料放在桌子上。那几天，我连梦里都是带着笑容数日子的。挨了三五日，我兴冲冲地去取衣服，当我试穿新衣服时，我忍不住哭了。它不但不是我想象的那样，而且还是又肥又大的短袖。几天来，我日思夜盼的美梦瞬间破灭了。德秀姑满脸歉意，说她没听清，是按照我三姐的身材缝制的。我特别后悔，不该那个时候拿去，如果早一点或迟一点，她没有睡觉该多好，或者我大声地告诉她我的名字，就不会和这件漂亮的衣服失之交臂了。既然我哭了，一定有姐姐笑了。三姐意外得到一件新衣服，自然喜不自胜。很长时间，只要看到这件衣服，我心里就会懊悔不已。

飞入童年的蝴蝶结

我是典型的小女生性格，漂亮的衣服、饰品对我有着不可抵挡的诱惑力。记得改革开放前，大同街上有一个老货郎，货郎是安康城里人，非常儒雅，对人不冷不热，从没看过他笑。他用两条长凳子支起一扇门板，门板上面摆放大小不一的小木盒，里面散乱地放着一些针头线脑、发夹钮扣、剪刀尺子之类的小东小西。我每次上街，对货摊上的那些像水晶一样五颜六色、花花绿绿的塑料发夹、钮扣，仔仔细细看个够。钮扣一分钱一颗，有时还可以讲价钱，四分钱买五颗。发夹价格不等，低至一分钱两个，高至两三毛钱一个，我觉得它们实在是太漂亮了，做梦都想有一个。

记得有一种发夹，样式并没有什么特别之处，就是简单的长方形带点弧度，但颜色漂亮，有紫色、淡粉色，里面有彩色金点点，别在头上漂亮极了。只是价格很贵，两毛五一个，我只能看看而已。

有年夏天来了一个马戏团，马戏团的小女孩头上别了一个金色发夹，有点像古代的步摇，头一动，流苏也跟着摆动。我的眼睛自始至终随着发夹移动，至于演的是什么，我全然不知。心里想着，等我长大有了钱，只要是我看上的发夹我会全部买来，一天戴一个。

知女莫若母。母亲知道我喜欢，快过年时，给了我两毛钱，让我自由安排。这是我第一次拥有可支配的钱，我不想在大同街买，想去离我家有上十里路的更大的集镇——五里街去买。本来可以坐大班车去的，因为舍不得钱，选择了步行。对一个几岁的小女孩来说，十里路太远了，于是我鼓动邻居一个比我小的女孩，让她妈妈也给了她两毛钱，我们一起去买头饰。两个小女孩兜里装着妈妈给的两毛钱，开心极了。一路上有说有笑，上十里的路程，一点儿也不觉得累，寒风吹在脸上，也没觉得冷。

我们在五里街上转来转去，从上街转到下街，从前街转到后街，转了个遍，对所有的发夹头花有了一个了解。最后经过反复比较，选择了一条蓝色底子，每隔一段有两条白色水波纹线隔开的长纱巾。我们一人买了一条，还剩五分钱，我没舍得买吃的，也没舍得坐车，依然走路回家。我想把它攒下来，以后再买喜欢的东西。

回家后，我把那条纱巾从中一分为二剪开，在头上扎了两个蝴蝶结，配上过年的新衣服，感觉自己像个小公主。正因为特别喜欢，平时我都不舍得戴，只有在节假日和走亲戚时才会戴上。后来，家里条件慢慢好转，这些小东西母亲基本都能满足我。

工作后，有能力买自己喜欢的衣服、鞋子，只是不再戴发夹之类的头饰，但心里依然喜欢。常常会去这些地方转转，有时也会戴在头上试。同学的女儿说："我发现卢姨心里还是一个小女孩。"是的，童年那个爱美的小女孩永远住在我心里。人生中的那些第一次给我留下了不可磨灭的印象，它们那时在我心中是不可替代的美。

幸福因为有你陪伴

下班后，我步履匆匆，想早点回家休息。当我低头行走在公园里时，突然听到一个稚嫩的声音：“妈妈，我好想染指甲。你看那花好漂亮啊！”我的目光下意识向四周搜寻，果然，一树树紫薇开得那么浓艳，足以使每位行人驻足留盼。年轻的妈妈说：“这是紫薇花，不能染指甲，指甲花才能染。”“那你给我用指甲花染吧。”我不禁又向小女孩望去：那是多么惹人爱怜的女孩！约摸四五岁光景，红色连衣裙，妹妹头，满脸洋溢着童真童趣，我不禁哑然失笑。女孩一下子红了脸，低了头。其实这个年龄段的孩子是最为可爱的，也是做父母最为幸福的时日。我不禁想起女儿小时的模样。

女儿从小乖巧可爱，说话暖人心。每次出门游玩，她都会提醒我们别落下东西，走路要注意安全。她眼里的世界远比我们成人眼里的世界要美得多，想象力也比我们丰富得多。记得有年春天，下了一场罕见的雨夹雪，大朵大朵的雪花漫天飞舞，雨也滴答个不停。三岁的女儿第一次看到这情景，激动地跑进厨房，把正在做饭的我往外推：“妈妈妈妈，别做饭了，快去看，外面正在下蒸饭（米饭），下酒酒呢。”真是一语惊人，只听过把雪比作糖、比作盐的，从没想过也没听过雪是米饭雨是酒。

童心可贵，妙语不少。那时女儿还不满三岁。有一天，一位老大爷牵了一头牛从我家门前经过，尾巴悠闲地左右甩着，女儿惊叹道：“尾巴真长！”我逗道：“你有尾巴吗？”她边摸屁股边说：“我没有尾巴，也没有good—bye。”逗得我哈哈大笑，原来，女儿新近学了一句英语，却不明白意思，根据发音想当然地理解为屁股上的尾巴在摆了。

女儿是个十足的小吃货。只要看家人谁嘴在动，脸上马上荡开笑容，甜甜地喊你一声，然后涎着脸问：“你吃的啥，给我一点点，让我尝尝。”当你给她取时，她又马上改口道：“你给我取多多的、大大的好吧？我有吃的，也给你分多多的。”那模样真是可爱极了。她说话是算数的，一旦有了零食，慷慨地分给你那么一点点。

一次她指着《动物大战》里的一条大白鲨问我是什么，我说是大白鲨。她又问：“这能杀肉肉吃吗？”“不能，它很凶的。还有，杀了它，它妈妈会很伤心的。”“是不是院子里的沙洗白白了也能吃？”原来是醉翁之意不在酒，饶了一大圈，是想问院子里的沙能不能吃？我不得不又费半天口舌给她讲大白鲨和沙子的区别。

她曾认真地问过我：“妈妈，大姨为什么不叫卢西女，要叫卢西男（兰）呢？”我先是一愣，接着明白怎么一回事了，家乡方言“n”“l”不分，她以为是“男”。我耐心解释道：“大姨的‘兰’是兰花的兰，不是男孩的男。兰花是一种非常漂亮高贵的花，你看是不是很美呢？”也不知她是真懂还是装懂，一本正经地答道：“是的。”

说者无意，听者有心。那时我还在乡镇工作，我们的镇长叫党建，有次她对我说：“党建叔叔太厉害了！”我一下愣住了，不知她小小年纪为何发出这样的感慨，难道她知道镇长是个“官”，在她眼里还是很大的一个“官”？五六岁的孩子不会这样势利吧？我就问她为什么这样说。她说："党建叔叔写了一张报纸。"我才恍然大悟，原来区委组织部办了一份内部刊物叫《党建》，估计大人聊这个话题时被她听到，她以为报纸的内容都是她党建叔叔写的，又以党建叔叔名字命名的。

我们看书的时候，她会拿一本书装模作样地看；我们写东西时，她也会凑上来要笔："我教你写个吴悦波波（她喜欢后面一个字用叠声）。"我急忙哄道："我正在写吴悦波波，到时候往报纸上登，大家都知道我们吴悦波，你看好吧？"女儿爽快地答道："好，我也写个大大的、多多的往报纸上登，好吧？"

那些片段像电影一样在我脑海里一一闪现。小时候的她像一个跟屁虫，时时跟着我，事事靠着我。那时，我以为这是我们母女关系的永恒形式，时露不耐烦之意，不过，生命的意义和价值空前膨胀。转眼，女儿羽翼已丰，我们的关系也发生了逆转。与女儿相处的点点滴滴，细枝末节，都灿若星河，在我暗淡的光阴里熠熠生辉，将平淡的日子点缀得五彩缤纷。不得不承认，时光在走，我已变老，我分明已开始了怀念。若有人生复印机，从头再来，一定耐下性子，好好做母亲，好好感受做母亲。若时光不老，女儿永远停留在童年，那我也不辞劳苦，欣然接受这份美意。

父 亲

自打小时候起，我就记得父亲是生产队长，也就是现在的村民组长。每天天麻麻亮父亲就起床，先去自留地转一圈，然后就挨家挨户叫大家起床上工。那时乡亲们住的比较散乱，除了两个隔着河的院子，其余就是东一家西一户的，零星地散居在很远的地方。总感觉父亲走路时，脚底好像带着风，跑得很快，嗓门也大。我常常在睡意蒙眬中能听到父亲扯着嗓子大喊："上工了——"然后具体分配任务，男劳力干啥活儿，妇女们干啥活儿，有时候还会点名张三、李四去做具体的事情，不管是谁，都畅畅快快地应允。

就这样年复一年，我觉得父亲好有威严，特有面子。随着年龄的增长渐渐懂事，我愈发感觉这生产队长似乎也不是啥好差事。说直白一点，如果你认为队长大小是个官儿，可以多少占点便宜的话，那就大错特错了。有了这样的一位父亲，不但沾不到一星半点儿光，还要倒贴不少。记得那时，常有公社干部或工作组的干部下乡检查，别人从不把这些人带到自己的家里去招待，每次都是到我家。而且父亲从来不给家里打招呼，往往都是到饭点儿时突然带几位不速之客来。在那食不果腹的年月，我们常常都是吃了上顿没下顿的，突然添加几张嘴，意味着我们以后饿肚子的时间就会更多。时间长了，母亲也大为光火，不仅仅母亲又要劳神做饭，关键是巧妇难为无米之炊，家里仅有的一点白米细面都搜腾出来给客人吃了，我们姊妹几个只能眼巴巴地看着，心里很不喜欢这些远道而来的客人，更对父亲心生不满。母亲和我们一样，只能把这种不满压在心底，不敢说出来。

可能是父亲特别能吃亏的缘故，他的这种绝对权威不仅仅是在家里、在整个村子都是。谁家青春叛逆期的孩子不听话，难管教，大人就会说："再不听话，就给你二哥（或二爹）说。"像谁家吵嘴闹仗、弟兄分家、不孝敬父母、邻里矛盾等，都会找父亲去处理。父亲也不推辞，也一定去帮忙调解，不管亲疏远近，认理不认人，总能公道顺当地化解矛盾，当事人也都心服口服。

自我记事起，谁家有红白喜事，都会请父亲去当知客。父亲不管给哪家帮忙，总能体谅主家，诚心诚意地当成自家事情来办。就连那些心存私心未能得逞而对父亲有成见的人，遇到婚丧嫁娶，也会抹下面子来请父亲。父亲二话不说，爽快答应，该咋办就咋办，好像从来都不曾发生过什么事情一样，一忙就是三五天。知客难当，主家随不随心，客人满不满意，全在知客的能量。川道一村挨一村，方圆十余里，唯独我们村的红白喜事安排得最整齐。父亲七十多岁时，还拄着拐杖当知客，也常会应允请求，处理邻里间一些矛盾纠纷，小到鸡毛蒜皮、扯皮顿筋，大到明火执仗，大打出手的事端。

父亲小时候虽然吃过很多苦，但对生活一直积极、乐观。听母亲说，年轻时，即使吃了上顿没下顿，但一听说哪里有热闹，就会往哪里赶。农村家庭联产承包责任制之后，农民的生活条件有了显著改善，文化娱乐也随之丰富、活跃起来。每到春节，一些村子就会玩花灯。一过正月初四五,一大群人就围到我家，开始商量玩什么，后来就是忙着扎狮子、采莲船。十一开始出灯，到十六结束。玩灯这几天，我家像过大事似的宾客盈门，参与的人都在我家吃饭。雷打不动的铁律似的，几乎年年如此。直到父亲老了，身体招架不住、没精力劳神组织后，村里就再也没有玩过灯了。

令人最难忘的是1982年的家庭联产承包责任制，那时，父亲已辞去了队长职务。

那年秋天，雨水特别多，淅淅沥沥下个没完，眼看稻子已经成熟，就是无法下地收割。一双双饥饿的眼睛，只能眼睁睁地看着黄澄澄的稻子在田里发霉长芽，那个心疼啊，真的是无以言表。这当口，隐隐约约听到周边一些胆大的村悄悄地将土地分到户或分到组的消息，父亲本来就有这个想法，这鬼天气更坚定了父亲的决心。

龙口抢粮。只要雨停，就开始抢收，一收完稻子，父亲开始召集村里几个有威望的社员在我家开会。我清楚地记得，那段时间还是雨天。每天晚上，他们如约到我家，反复商量、讨论，到底土地分到户还是分成组？土地有好有坏，有远有近，怎么搭配才会公平，都不吃亏？一会儿沉默，一会儿激动，有时还会争吵几句，最后总算把初步方案敲定。在基本酝酿成熟后，父亲才召开社员会，让大家讨论。时任队长很生气，去我家大闹会场，说父亲什么都不是，没有资格召开社员会讨论分地的事情。父亲表现得极有风度，一言不发，任其发泄不满。但大势所趋，人心所向，最后还是按照大家讨论的方案，土地好坏、远近搭配，然后抓阄，将土地承包到户。接着又是不辞劳苦，义务丈量，划分土地。那段时间，我家天天晚上灯火通明，经常忙到半夜。农村人，没有一个良好的卫生习惯，人走后，地上一片狼藉，母亲还得屋里屋外打扫卫生。从开始到结束，差不多在我家开了半个多月的会。最后一天，父亲自己掏钱，让母亲买了酒、一个猪头和一些蔬菜，做了一大锅米饭，招待在我家开会的所有人。当时那个家境条件，真的很不简单。

九十年代初，农民刚刚解决温饱，国家个人都不富裕，记得那时有一个响亮的口号："要想富，先修路。"河对岸的几十户人家，因为隔着一条河和一条铁路，来往运输很不方便。就找到了什么都不是的父亲，让父亲想办法给修一座桥。又是父亲前后张罗、号召，让大家集资，有钱的出钱，没钱的出力，又亲自主持、监督，修了一座四米宽的桥，从此结束了河对岸几十户人家肩挑背扛的日子。到现在，这座桥旁边还立着一块石碑，上面刻着父亲的名字。

父亲去世时，方圆很多平时没有多少来往的人士都前来吊唁，在农村大部分人都出外打工的情况下，还是去了一百多桌的客。

家有小女已成人

这是第二次送女儿上学。

第一次是四年前，女儿刚刚考入郑州大学。郑州距家七百多公里，不算太远。女儿不是娇生惯养之人，也不是没有独自出过远门，更不是不相信女儿的能力，但我还是选择了送。“儿行千里母担忧”，儿女的安全永远是父母的牵挂。另外是想看看女儿将要生活四年的城市和校园。

郑州大学很大，四个校区占地近五千亩，师生七万多人，环境优美。逗留了三天，我逛遍了女儿所在新校区的景点和附近的市场。临别，千叮咛万嘱咐，要和同学搞好关系，吃亏是福，多忍让包容；出门尽量和同学一起，晚上早点回寝室……絮絮叨叨一大堆，归结为一句话：安全第一。女儿一边应允，一边让我不要操心，说是会照顾好自己的。但回头看着女儿瘦弱的身影淹没在熙熙攘攘的人流中时，还是忍不住心疼，强忍着未让眼泪流下来。

好在现在通信发达，女儿每天的动态都及时向我汇报，我只有收到平安信息，晚上才会安然入睡。

大二那年元旦，女儿在未和我们打招呼的情况下，和寝室一女生去了开封。那晚，发信息久久未回，我就打电话，电话通着，就是没人接。我想会不会去洗手间或洗澡去了？又等了很久，快十点了，我又打了一个电话，还是没人接。这一下我慌了，头脑开始胡思乱想，以前说过让她把同学的电话给我们留一个，方便联系，她执意不肯，说我多此一举，此时发现我是正确的，只怪自己没有坚持。事已至此，我只好翻找出学校录取时寄来的一些信息，把上面留的电话挨个打遍。眼看着一个个无法接通，我全身开始发抖，眼泪已哗哗往下流。最后终于打通了一个保卫处的电话，那人给我说了女儿所住那栋楼的电话。打通后，宿管楼的阿姨说马上去看，我在煎熬中紧等慢等，等了十来分钟，刚刚松懈下来的心又提到了嗓子眼，从一楼到三楼，怎会需要这么长的时间呢？正在我万分焦急时，阿姨回了电话，原来是我说错了房号，阿姨才在打听呢。据室友说，女儿和另一海南女生去了开封。一路有伴我才稍稍放了心，这时已是深夜十二点了。这么晚打扰大家，心里很是过意不去，我真诚地给阿姨和保卫处的老师道了谢。

第二天九点左右，女儿回了电话，室友已经把情况告诉了她。我劈头盖脸就骂，女儿不停道歉解释，说是太累了，到酒店洗了就休息。电话调成静音，放在包包里没有取出来。平安就好，平安就好，至此，我悬着的心才终于放下来。

四年一晃而过，不知是女儿成长得太迅速，还是我们衰老得太快，一切都已发生了逆转：女儿不放心我们出行。

女儿办完报名手续，又在暨大校园转了一圈，回宾馆已是下午五点多。跑了一天，有些累。吃完饭，女儿本想好好休息，以良好的状态迎接第二天就要开始的新的学习生活，让我们自己去广州、深圳、珠海等地转转，也反复交代了注意事项。我嘴上说，放心放心，你妈是谁？但心里真的很虚。知女莫如母，知母莫若女。她的担心不是没有道理，我除了天天经过的地方，即使熟悉的路段，也常常犯迷糊。就连我经常去的安康市图书馆会议室，只要进去，我就找不着方向了。还有一次去一个兄弟学校做活动，学校面积并不大，也多次去过。活动结束，出门就搞错方向，闹出笑话。开导航也不行，我看不懂。

女儿思前想后，还是不放心，她知道我们是一对路痴，担心我不会买票、坐错车、地铁方向坐反、走错出口……总之一如当年我对她，一百个不放心，她觉得有必要让我实地亲自动手操作一遍才行。尽管我再三保证绝对没问题，不会跑丢，她就是不答应。于是，她强打精神出门，陪我们坐地铁去看广州的小蛮腰。这次她什么都不管，全程让我操作，熟悉流程，特别是倒地铁和出地铁，反复叮咛。

想到前年和女儿去上海、杭州，一路上我不操任何心，一切有女儿，我只管在后面付钱就行。没有女儿在身边，我真的不踏实，但只能硬着头皮，精力高度集中，生怕出错。

好在一切都还顺利，我每走一个地方，给女儿发一个信息。这不是当年的翻版吗？只是换了角色而已。女儿的回复是：棒得很，加油！简直是幼儿园老师鼓励小朋友的话，老小老小，难道我老成这样了？不过，因为女儿的关心，我不但不计较，心里反而乐滋滋地接受了。

女儿时刻关注着我的去向，遥控指挥，我有不懂的地方随时向女儿请教。去深圳、珠海高铁的票都是女儿网上提前买好，我只需取票就行。特别是去珠海时，女儿给我订了一家离闹市较远的民宿，因为我的粗心，找住宿时很是费了一番周折。不过环境真的很好，我还写了一篇文章，算是一种收获吧。

时光的脚步是如此匆匆，曾经以为我是女儿的依靠，能为她遮风避雨，现在才发现，她羽翼已丰，不需要我的庇护了。而且很快，她将展翅高飞，离我而去，去实现自己的梦想，我在依依不舍中看她渐行渐远的背影。

书香悠悠母女情

总觉女儿还是那个饿了闹饱了睡的襁褓中的小可爱，一眨眼，就已长成了亭亭玉立的大姑娘了。回想女儿短短几年的成长史，我是历历在目，犹如昨天。

我清楚地记得女儿第一次“看书”时的认真模样。那是一个云淡风轻的周末午后，我抱着一摞作业忙着批改，一岁多的女儿在一边独自玩耍。改着改着，我突然觉得屋里好安静啊。咦，怎么没了女儿的闹腾声呢？我转头一看，女儿手里正拿着薄薄的一本书坐在小凳上聚精会神地看着。看她那副投入的样子，我没忍心打扰。大约又过了十来分钟，女儿还是没有动。我心里很纳闷，这到底是一本什么样的书，竟有如此的魔力，将女儿牢牢地吸引住了呢？我不禁好奇地走过去问：“宝宝，你看什么好看的，让妈妈看看。”女儿没理我。我凑近一看，扑哧笑了。原来，女儿拿的是学生《练习册》上的两张掉页，不但没什么看头，而且是倒着拿的。我就逗她：“宝宝，好看吗？”女儿认真地点点头，说：“好看。”我收敛了笑容，是啊，有什么好笑的呢？在一岁多孩子的眼里，什么都是新奇的，值得研究的。

孩子的童年总是需要童话故事来陪伴，糟糕的是，我不会讲故事，那么我就只能读故事了。女儿最喜欢的一个故事就是《铁杵磨成针》。每晚睡前，女儿总是要我给她讲（读）这个故事，女儿百听不厌，有时还不时地插问两句。直到有一晚上，女儿突然对我说：“妈妈，我给你讲个《铁杵磨成针》的故事吧。”然后拿起故事书，翻到这一页（她看插图），照着我的样子，从头到尾，一字不差地读了下来。原来，她反复让我读，是要把这个故事记下来，问我的地方，是她没有记住的。真没想到，女儿给了我这么大的一个惊喜，我也毫不吝啬地表扬了女儿。女儿高兴地说，明天，她就要把这个故事讲给外婆、外爷、小朋友们听。

也许是歪打正着，我的这种读故事的方式引起了女儿的兴趣。女儿也开始喜欢上了书。起初，我给她看一些色彩鲜明的连环画，后来慢慢地给她看一些图文并茂的故事书。女儿看似文静，其实骨子里是个“人来疯”，她喜欢在众人面前读故事，与其说是读，还不如说是讲，因为她不认识字，但她喜欢拿着书读的感觉。为鼓励女儿，我们常常举行家庭联欢会，让女儿“登台”表演，女儿乐此不疲。

等女儿识字后，我就给她买一些带拼音的书。由于识字量太少，一本书，女儿常常要看好几遍，前两遍扫字词关，再看才大致读懂意思。女儿读书时有个很大的特点，就是读读停停，望着一个地方发呆。起初我以为小孩子贪玩，偷懒，后来我才明白，其实她是在思考呢。正因如此，女儿后来在报刊发表的《夏夜，让我陶醉》一文中写道“‘故事的小黄花，从出生那年就飘着，童年的荡秋千，随记忆一直晃到现在……’轻缓的音乐如水一样从耳畔流淌过，我仿佛看见有乐律的精灵在上面跳舞。”女儿对读书之后有着深刻的思考和感悟，并持积极、乐观、向上的态度拥抱生活，同时对类似话题我们做过多次的探讨，有共识，也不乏争论，其结果也不言而喻，都是双赢的。如此看来，说读思应该是统一的，且要从小养成。

父母是孩子的最好老师，身教胜于言传。为让女儿读书不至于流于表象，只看热闹，我还是动了一番脑子。我让女儿读的书，我都提前读过。每次女儿读完一个故事，我都会提一些简单的问题，比如：你觉得书里的谁谁怎么样，你喜欢谁，为什么？你应该向谁学习？记得有段时间，女儿对《西游记》着了迷，我就问她："宝宝，你认为孙悟空是个怎样的人呢？"谁知，她一口气说道："孙悟空是个神通广大、勇猛无比的人；猪八戒是个贪吃贪睡、好吃懒做的人；唐僧是个善恶不分、软弱无能的人；沙僧是个任劳任怨、不怕吃苦的人。"当时我惊呆了，没想到六岁的孩子能如此准确地总结出他们的性格特点，而且全用的是成语，极其精练。在潜移默化中，既培养了孩子良好的读书习惯，又树立了孩子正确的人生观和价值观，使孩子在阅读中明白事理，懂得做人的道理。在阅读中，我和孩子共同得到了成长，后来才有机会为"建设书香安康"尽绵薄之力。

因爱阅读，我家每年都要征订好几种报刊。为勤练写功，我先后在报刊上发表了不少"豆腐块儿"。时间一长，女儿也不甘示弱，闹着要在报刊上露一手，终于选择在她七岁那年的"六一"时节，以题为《得了98分之后……》的习作，在当地市报上发表。文中对自己粗心没能得上满分自责，同时又对我的苛刻流露出不满，我也因此受到了女儿的一次"教育"。就这样，隔三差五的我一篇、女儿一篇的习作时不时地见诸报端，相互暗暗地拼比着，女儿的写作功力也大有长进，像《人类，我想对你说》就很有思想性，《一张照片的故事》体现敬老情怀，《春韵》《秋景》从另一个角度赞美了我们家园，《中国队，我为你骄傲》深化了爱国主义思想，《美眉妈妈》贴紧了母女情深……

简陋的家室显得清贫，但随手可撷的书籍而倍显精神的富有，一脉书香陶醉了这方天地，如陈坛老酒甘醇丰厚，母女情感也因此沸腾升华。

如今，远在千里之外求学的女儿在通信如此发达的时代，仍用最为原始的方式保持着文字交流，可谓一件了不起的事。究其底，无疑乃十余年的悠悠书香使然。

摇曳在心底的合欢花

曾经以为一千四百多个日日夜夜漫长无边、遥遥无期，却在不经意间各奔东西。原来四年的光阴也只是弹指刹那，那些美丽的忧伤的、快乐的痛苦的瞬间，清晰的模糊的容颜，曾经走过的林荫道、绿草地，还有如羽扇一样的合欢花，随着时光的流逝，都慢慢沉淀在记忆的河流中，特别是那一树树合欢花，总在我心底轻轻摇曳。

其实校园并不大，但对于刚从封闭的农村走出来的我们，依然感到很美很知足。学校教学楼和实验楼之间种了一排合欢树，仲夏时节，那一树树粉红的合欢花开了，给炎炎的夏日增添了一抹生机。

我们的教室在四楼，我的座位又正好挨着窗边，无须转头，窗外如祥云一样的合欢花总是会趁老师不注意时调皮地钻入我的眼眸，分散着我的注意力。课间，我常常倚在窗边，将那一排合欢花尽收眼底。合欢树枝干粗壮，树冠中间高四周低，硕大舒展，呈伞状。叶子互生繁茂，犹如羽毛。花朵则像一把把打开的折扇，花瓣纤细如丝，花萼状如细管，半白半红，配上绿叶，如水粉精心调制而成，分外耀眼。大约合欢花知道自己是美的，傲娇地站在高高的枝头，尽情展示自己的美丽。

合欢花太像校园里飞扬青涩的女孩，不但爱美，而且比较感性，喜怒哀乐挂在脸上。晴好的日子，初升的阳光明亮温暖，似母亲温情的双手，一寸一寸抚摸着合欢树上的花和叶，使其沉醉迷离，更加娇艳妩媚。如盖的树冠挡住了炎炎烈日，密密匝匝地拢了一地的阴凉，然后不忘轻摇羽扇，扇啊扇啊，扇走夏日的炎热，扇来一缕远方的清凉。若遇阴雨天，合欢花的叶子紧紧合拢，看起来心事重重，郁郁寡欢。再看叶上晶莹透亮的雨珠，似是伤心的泪，使人顿生几分爱怜。

如此美丽的合欢花当然有着不平凡的来历，它与一段唯美的爱情故事有关。相传虞舜南巡仓梧而死，其妃娥皇、女英遍寻湘江，终未寻见。二妃终日恸哭，泪尽滴血，血尽而死，遂为其神。后来，人们发现她们的精灵与虞舜的精灵“合二为一”，变成了合欢树。合欢树叶在岁月的青墙上，昼开夜合、相亲相爱、演绎着唯美的爱情传奇。

合欢花是爱情的象征。无数个清晨或黄昏，总有形单影只的人在合欢树下徘徊，所有的秘密都藏在落寞的背影里。记得那时，班上最流行的一句约会暗语，就是今晚在第 n 棵合欢树下不见不散。而这一句，对老毕说得最多，每次老毕都不辩解，只管笑呵呵地乐，满脸写着“爱情”的幸福模样。当然，真的爱情约会，也不会傻傻地在人来人往的合欢树下，那时的校园不似今日，随便一眼能望穿几个来回。

冬去春来，寒暑易往。当毕业的日子渐渐临近，离别的愁绪愈来愈浓，合欢树下的人也越来越多，逗留的时间越来越长了。晚自习后，合欢树下，总有三三两两的人在敞开心扉交谈，曾经有过的误解，一定要在离别前化解；对心仪女孩藏了几年的爱慕话语，一定要寻机说出，不要带着遗憾离开……我也曾多次和同桌的女孩在树下的长石凳上促膝长谈，交换着彼此成长中的烦恼、幸福及对未来的担忧和梦想。那清亮的眼波里，映照着两个女孩心无芥蒂的纯真友情。

“不见合欢花，空倚相思树。总是别时情，那得分明语。”千年的月光斑驳了青涩的流年，情窦初开的爱情如月下朦胧的合欢花，虽然美好，却无法看清前方，加上年轻气盛，很容易做出冲动的事来。当虞舜与娥皇、女英的唯美爱情传奇还在耳畔流传，大家却不知为何，班上的这一对金童玉女在毕业前夕突然分了手，让人唏嘘不已。大约、大约他们约会的时候没有选在合欢树下吧。合欢花的花语是转瞬即逝的快乐，这一花语也成了他们感情的谶语。

时光如水，转眼离开校园已二十多年，当年让我们又爱又恨的校园已成了一处高档小区，曾经发生在校园里的点点滴滴已渐渐模糊，唯有那一排粉红的合欢花，一直在我心底轻轻摇曳。

一缕茶香飘千年

茶叶是紫阳最亮最响的一张名片，是紫阳的代名词。因为心之所想，便有机会。初夏的阳光，没有盛夏的炎热，没有早春的乍暖还寒，一切都是那么美好。更美好的是王庭德书友会会长亲自开车，带领几名书友前往紫阳县图书馆，与安康学院阅芽读书会的书友一起共读紫阳籍作家曾晓勤先生的《紫阳茶纪行》。

紫阳是个十足的山城，一条主街绕来绕去，从河边逶迤爬上了半山腰，背街小巷多是青石板铺成的石阶。从前面看，一座三四层楼房的房顶，绕到后面，就成了地上人们休闲的小广场。紫阳县的图书馆就是这样。一路询问，顺着当地居民的指引，我们看到的只是一个广场，哪有图书馆的影子？再询问，说是从广场的西南角处下台阶即可。这时一美女看了我们一眼，说："你们跟我走。"直觉告诉我，这位是图书馆的馆员，结果还真是。

当我们到达图书馆时，会场已布置就绪，热情的工作人员给每位书友泡了一杯紫阳绿茶。霎时，一缕清香随袅袅青烟从杯中升起。我一边看茶叶在水里如何舒展丰盈、娇嫩盈目，一边看原本寡淡无趣的清水如何在茶叶的作用下清澈明亮、清香怡人。此刻，紫阳的清风雨露、日月精华、丰富的硒元素和千年的茶文化，全都汇于杯中的清茶里，然后在唇齿间留香缭绕。

我们边品茶，边读曾晓勤先生的《紫阳茶纪行》。这是一本集学术性、文学性于一体的书籍。曾先生耗时两年，走访了许多省市县，翻阅了数以万计的资料，才完成了这本书。其中很多资料第一次以正式出版的方式与大家见面。这本书里，曾晓勤先生提出了紫阳是中国第一条茶马古道——陕甘青新茶马古道的源头，从而确立了紫阳茶叶的历史地位。它是朝贡茶，汉景帝开始，由药物转为饮品。相关指标高于全国其他地方，品牌价值仅次于汉中仙豪。我不由得对曾先生心生敬意，如此浩瀚庞杂的工程，得花费多少心血啊！尤其是自己出书后，方知出一本书是多么的不易。书友们读得很认真，分享环节，都踊跃发言，谈了自己对茶叶的了解、如何把紫阳茶这一品牌推向全国。曾先生还现场辅导如何区分茶叶的好与坏。

关于紫阳茶，著名作家贾平凹曾写过一篇文章。他说，有一年到紫阳出差，宣传部的一个干事接待了他。正是周六，那干事回家，就安排他住干事的宿舍，临走前交代抽屉有茶叶可以泡水。他看茶叶上面长了很多毛，以为茶叶发了霉，勉强泡了一点，结果清香扑鼻，喝下去神清气爽。一天喝了一大半，因为担心再住一晚把茶叶喝完，就招呼都没打悄悄溜了。后来才知道，他喝的是紫阳毛尖茶。成名后，全国各地的名茶都品尝过，唯有对紫阳毛尖情有独钟。

读完曾先生的书，我们又驱车前往半亩地茶山观赏茶园。沿路都是一层层、一垄垄匀整秀美的茶园，远远看去，如大海泛起的阵阵绿浪，装扮着紫阳的山山岭岭。我问同行的美女，为啥叫半亩茶园，有什么来历吗？她说每年春天来这里旅游观光的不少，游客都想体验一下采茶的乐趣，但茶园管理有一套严格科学的模式，如果游客随便进去体验，会破坏茶园的。所以，公司专门划拨了一块茶园供游客体验。我们又聊起茶叶的价钱，她说茶叶价钱不错，但成本也很高，一般四斤水叶做一斤，毛尖要求一芽一叶或一芽二叶，五斤水叶做一斤。而且对采摘人员的技术要求也很高，是经过专门培训的，采用手提法、掐朵法。茶叶采摘好坏，不仅关系到茶叶质量、产量和经济效益，而且还关系到茶树的生长发育和经济寿命的长短，市场上如果低于八百元的毛尖，肯定不会有多好。原来貌似简单的采茶还有这么多的讲究，那制茶流程对技术的要求又会是多高啊！

到了茶园，我和同伴扮作采茶女轮流采茶、拍照留念。同伴定敏说，应该把茶服穿上，我附和道，再唱着紫阳民歌，那就更完美了。

紫阳山清水秀，有着得天独厚的发展旅游业优势，政府把打造紫阳富硒茶和发展乡村旅游业结合起来，既美化了环境，又吸引了游客，给农民带来可观的经济效益，从而实现真正的双赢。

看着满山层层叠叠的茶园，依稀间，那缕飘了千年的茶香，又飘出西北，飘向全国。

等您归来

这个鼠年的开端，任谁都无法忘记，一场来势凶猛的新型冠状病毒肺炎，打乱了人们正常的生活秩序，让本是热热闹闹的春节变得从未有过的冷清。不管城市还是乡村，如沉睡一般，没了南来北往的轻盈脚步和一张张洋溢着幸福的笑脸。疫情笼罩下的中国，像有一张无形的手，突然按了暂停键，使整个国人在极速奔跑中突然停了下来。时光便从大年三十——武汉封城的那一刻起，似乎就停滞不前，一双双惊恐的圆眼在一天天变化的数字中焦灼、期盼，让我们感受到生命的渺小和脆弱。

再过几天，才是立春，天气却是出奇的晴好。阳光明媚，晴空无云，迅速上升的温度，让人感到春天正向我们款款走来。每天清晨，阳光透过宽大明亮的玻璃，照进房间，洒满一室的金光和温暖，也驱散我心头的焦虑和阴霾。我站在晨曦的霞光里，沐浴着冬阳的温情和爱抚，倾听窗外鸟儿欢快的歌声，自由呼吸、沉思，有种劫后重生的感觉。原来活着是如此的美好。

往年这时，我不是在家忙着招待客人，就是去亲戚家拜年，整个正月，时间排得满满的，也累得腰酸背疼。初七八后，基本上亲戚该来的都来了，我该去的也都去了。这个时候，离开学还有几天，就会在天气晴好的时候，出去散散步、晒晒太阳，全身心的放松，无比惬意。此时，我们只能待在室内，静静地等待疫情的溃退。

这几天，进入疫情暴发期，节节攀升的数字更是让人揪心，各地也加大了防疫力度。我们小区的保洁阿姨每天消毒三次，物业加强了门禁制度，给每户每人发了出入登记卡，小区业主进出都要进行登记，具体到几点几分，而且红外线测量体温。电梯内还放了一次性抽纸和装用过抽纸的袋子。

每天上报班级学生目前位置，有没有湖北籍的学生和与从武汉回来人员接触的学生，以及我本人和家属的身体状况和出行情况，成了疫情解除前我的必修课。大家从未经历过如此大面积的隔离，心里多少有些焦虑、恐惧，加上长时间待在家里，心里更容易烦躁，产生不良情绪，那些精力正旺的十多岁的孩子，更是需要安抚。我利用微信，号召广大书友、学生和家长居家阅读、写读书笔记和心得体会，在班级群里展示交流，我予以指导，很有带动性，让原本枯燥的居家生活变得有意思、有意义。

隔离的日子，一切都慢了下来，不仅是时间，还有生活节奏。先生依旧每天早出晚归，去辖区各乡镇检查疫情。我没了迎来送往，少了厨房的琐碎忙碌，一下轻松了很多。尽管我是多么向往外面自由的世界，但为了不给国家添乱，我老老实实待在家里，闭门谢客。在家整理房间，侍弄花草，追追剧，上网看新闻，了解全国疫情的发展，然后静下心来，读读平时没时间读的书，偶尔敲敲字。这对我来说，是莫大的享受，但轻松中带着沉重，心绪复杂难忘。

有饭吃，有书读，我很知足。一本书，一杯茶，一个下午，我便和作者一起又体验一次不同寻常的生命历程，得到一段新的感悟，但所有的感悟都没有这次疫情给我们带来的深刻和直接。也许，只有这种刻骨铭心的沉重代价，才能敲醒我们，在失去后才真正懂得珍惜。以前总是说世事无常，要珍惜，但说起容易做起难。很多时候，我们也只是嘴上说说而已，不由自主地被周围挟裹着往前奔，为名利，贪享受，不惜牺牲健康，破坏环境，一味地夺取，致使大自然再次向我们疯狂反扑，重重地教训我们。曾子曰：“吾日三省吾身。”我们是该好好反省自己了。希望在经历了这次惨痛教训以后，我们不再那么自私，那么贪婪，更加懂得珍惜的含义，热爱大自然，热爱宇宙中的每一个生命。

回头的刹那，发现阳台上那盆差点死去的绿萝又在冬日最后的余晖下绿意蓬勃，焕发着生机。是的，没有过不去的冬天，没有到不来的春天。迈过冬天这个坎，又是一个新的春天。不用去想，河堤上那个春的使者——迎春花早已黄灿灿地铺满了河堤，月河川道的油菜花也在春光中轻轻摇曳。很快，我们就会迎来姹紫嫣红的春天，疫情也终会消失。那时，我会在春天田里等您，亲爱的英雄凯旋。

怀念一起看电视的日子

囿于城市高楼的夏季，除了让人烦躁，没有丁点乐趣。一个人面对52英寸的高清彩电，精彩纷呈的电影、电视剧、各种娱乐节目，依然让人感到索然无味，心里总是怀念童年时全村老少围在一起看电视的情形，那才叫一个热闹。

20世纪80年代初，电视机是绝对的奢侈品。邻村有一家买了一台11英寸的黑白电视机，便轰动了街坊四邻，消息传得很远很远。周围很多人每天早早吃了晚饭前去观看，远比现在的电影院热闹。记得当时正在热播日本的《排球女将》，每天都会有人讲头天的电视内容和相关花絮，我也是在那时知道了小鹿纯子、尤佳子。心里痒痒，就恳求大姐带我去。她说人太多，院坝站满了，我去压根儿就看不到，后面的人基本是听电视。院坝边的菜园里种的菜，也踩倒一大片。最令主人生气的是，黑灯瞎火中，有人把厨房当厕所，在里面大小便，主人一气之下，不再把电视机放到外面，而是放到堂屋里，只允许本村人观看。

我们村最先购买电视机的是和我家连着墙的隔壁邻居，从此，她家就热闹起来。尤其是电视连续剧《血疑》的播出，纯情漂亮的山口百惠和英俊潇洒的三浦友和迷倒了大批的少男少女，女主角大岛幸子的命运也牵动了所有追剧者的心，每天都期待着播出时刻。那时只能收看中省两个台，电视台播啥就看啥，根本没有选择的余地。由于信号不稳，经常看着看着，图像就模糊起来，有时还会出现这个台的画面，另一个台的声音，然后转动天线，搜索信号。有时直接变成雪花闪动，只闻其声，不见其影，干脆听电视剧。

那年隔壁表婶家种了两亩地的大蒜，正值大蒜抽蒜薹，需要人手，表婶说："明天来帮忙干活的晚上可以看电视，没干活的晚上不能看。"第二天，免费义工到了不少，男男女女、老老少少，甚至有的全家出动。手脚麻利的妇女下地收蒜薹，年轻力壮的把蒜薹往回搬运，小孩和年龄大的在家里分离蒜薹和蒜叶，本来琐碎细致的活因为人多分工明确而轻松搞定。

经常往别人家里跑，难免要看人家脸色，听一些不太舒服的话。大人去了还好，若小孩去了，主人直接板着脸冷冷地说："今晚我们不看电视。"小孩便讪讪地走了。平时闲聊，邻居经常会说，这个月她家电费是多少多少，她家什么东西又坏了，搞得我们很尴尬。父亲便不让我们去，就让哥哥上街买了一台 14 英寸的黄河牌黑白电视机。心里的幸福感和自豪感瞬间爆棚，以后想什么时间看就什么时间看，再也不用看别人眼色陪小心了。

当天晚上，呼啦一下，人都撒到我家来了。我们一家对人热情，不但给前来看电视的乡亲让座，还倒水递烟。夏天的晚上，电视机放在院子里，大家一边看电视，一边讨论剧情，习习凉风吹来，携着淡淡的花香和青草香，惬意极了。时间晚了，忙了一天的人们开始犯困，陆续离去，但总有三两个人看兴仍浓，连广告都不错过，屏幕上不出现"再见"不罢休。我们只好边打盹儿边等候，等电视台停止播放，都起身走了，才把满院的凳子一个个往屋里端。看似小事，天天如此，真的不容易。

若遇雨天，往往一脚泥泞，干干净净的堂屋很快满是泥块，抽烟的人还随地吐痰，搞得地上一片狼藉。看电视的乡亲都走完了，母亲才打扫收拾。我对此很有意见，但父亲把我批评了一顿，我只好把不满藏在心底。

那时的电视剧没有现在的多，但都是经典，像《济公传》《渴望》《西游记》《红楼梦》让人记忆犹新。就连一些广告，时隔多年，依然清晰如昨，有个洗衣机的广告就是这样做的，男："秀兰，我把洗衣机给你买回来了。"女："啥牌子的？"男："海鸥的。"

随着人民生活水平的不断提高，家家都有了大彩电，什么液晶、等离子、负离子、高清、有线电视、数字电视、网络电视，名目繁多、五花八门，电视内容也是令人眼花缭乱，热播的、经典的、综艺的、体育的、想看什么，打开菜单随时点播。不管是画质还是特技，都比当年好了很多，但总是缺了点什么，还是时常怀念全村老少一起看电视的情景。坐在院子里，一边摇着蒲扇，一边看电视的夏，才是记忆中最浪漫的夏。

渐行渐远的绿皮车

腊月二十八，看到媒体朋友发的关于 6065 次绿皮火车的消息，瞬间把我拉回了二十多年前的一段时光。

老家在月河川道，316 国道连着我家门前的院坝，房子后面的阳安线距我家也只有百米之遥，一南一北，将我家夹在中间。我每天看着来来往往的汽车和火车从房前屋后穿梭而过。最早的火车是烧煤的，车身车头全是黑色，列车过后，空中留下一条黑龙飞舞。后来改用了电，客车的颜色变成了绿皮，漂亮了许多。因为不需要出远门的缘故，也因为坐汽车非常方便的原因，尽管一里之外有一个乘降所，阳平关至安康那趟慢车会在这里停留，但在我十六岁之前却从未坐过火车。大约是弥补我内心的遗憾吧，中专毕业后，我分到了流水镇政府。从我家到单位，除了飞机，汽车、火车、船一样不少。

从此，我与这趟绿皮车结下了不解之缘。

那时候，安康火车站还没扩建，安康到达县（现在的达州）和到襄樊（现在的襄阳）这两趟慢车候车处就在车站外面的广场。冬天刀子一样的风从乘客脸上刮过，若遇雪雨天，就更悲摧了。那时从安康到新庄车票只有一块五，后来物价飞涨，不知翻了多少倍，但车票只做过几次微调，可以说连白菜价都算不上，极其便宜。

这趟慢车早期售票都没有座位号，谁先到谁就坐，车厢迟早都是满满的，去迟了就得站着。所以，不管时间有多充裕，过了安检，人人都是提着大包小包极速奔跑，前去抢座位。乘客是除了像我这样在铁路沿线上班的工薪族外，更多的是一些小商贩，其中以贩卖蔬菜水果最多，他们把这些货物从安康贩卖到紫阳县城。早上坐安康至达县6065次列车上紫阳，下午再坐达县至安康的6066次列车返回。

从安康始发，约七八分钟到月河站。火车一停，呼啦一下上来的全是肩挑背扛的男男女女，箩筐麻袋塞得实实在在，不留一丝缝儿。他们熟练地把货物扁担堆放在车厢连接处和座位底下，放不下的就直接放在过道上。然后一节一节车厢找座位，找到的就可以坐下歇歇喘口气儿，找不到的只有站。特别是星期一早上和星期五下午，是上班、休周末高峰期，真的是一座难求。乍一看，过道并非拥挤不堪，但若想顺利穿过却是不能够的。

车一动，就有乘务员开始询问有没有补票的，然后就是三四个乘警乘务员查票。从安康到紫阳也就五块钱的车票，但对于每天在这条线上讨生活的小商贩来说，哪怕节省一毛钱都好。他们要么买一两块钱的车票，要么两三个人合买一张，或者干脆不买，抱着侥幸心理拿一张旧票蒙混过关，想尽一切办法逃票，能躲一段是一段。

慢车最大的特点就是整节车厢大都是熟人，找好位置后就用浓浓的方言天南地北、家长里短地胡吹海谝。此时，这里既像一个菜市场，嘈杂混乱，又像新闻现场发布会，乡野趣闻、时政资讯都能在这里听到。

最难受的是夏季，绿皮车没有空调，空间狭小，人一个挨一个，个个一身臭汗，若是身边站一个体有异味者，更能把人熏个半死。

最恼火的是春运期间，火车晚点是家常便饭。每次在新庄乘降所等车，盼星星盼月亮一样眼巴巴地盼着 6066 次列车。本来正点是中午 1 点 55 分，常常四五点才到，有一次居然等到晚上十点多。好不容易盼到车来，你能透过车窗看到车里乌泱泱的人群，就担心车会不会不停，停了会不会不开门？这些在春运期间常常发生。因为没有站台，每次只打开两三个车门，我又是如此瘦弱娇小，那种忐忑的心情可想而知。对我来说，等车上车坐车都是一种煎熬。

记得有一年春节，我和先生带着三岁的女儿回娘家。我们从大竹园站上车，虽然有站台，但由于严重超员，火车到站并未开门。站台上的乘客急得前后乱跑，刚好有个乘客好奇，把窗子打开半截看热闹，就有人从外面一下子把窗子掀开，爬窗进去。先上去的从里面拉，外面的往进掀。有个我们叫三哥的先把先生掀上去，然后把孩子递进去，最后把我递进去。车上真的是人挤人，吵闹声不断，你踩着我的脚啦，他扯着你的包啦……当火车缓缓离站的时候，站台上还有滞留的乘客，若不是三哥帮忙，我们三个是上不了车的。过了两个站，我才突然想起随身携带的行李，急忙在脚底下摸找。一会儿摸到孩子的衣服，一会儿摸到行李袋子，早已踩脏得不成样子。回去后，才发现还是少了东西。现在想当时的情形，既感到狼狈不堪，又为安全捏了一把汗。放到现在，宁肯不回，也断不敢和生命开玩笑。

外出务工的“川军”是这趟车的主力军，他们往往托儿带母全家出动，从始发站一直乘坐到终点站。四川人本来都是吃货，漫长的旅途更为吃找了一个合理的理由，他们座位前的茶几上堆满果皮纸屑，堆不下就干脆扔在地上。蛮有趣的是他们习惯从车窗上下，即使到了终点站安康，他们也早早收拾行李，车刚一停稳，就迫不及待地把车窗打开，先把行李扔在站台上，然后不论男女老少，都很熟练地从车窗一溜而下。每每看到这种情形，我都十分不解。

工作调动后，我也结束了绿皮车的陪伴。后来，随着高速公路的发展，很多人选择了更为便捷的汽车。而且，随着中国铁路的飞速发展，绿皮车最终会退出历史舞台，成为那一代人不可磨灭的记忆。